Тоска

Михаил Н. Альбов

Тоска

© Индоевропейских Издание, 2021

ISNB: 978-1-64439-541-7

ТОСКА

Мигъ еще — и нѣтъ волшебной сказки,
А душа опять полна возможнымъ!..

I

Утреннее іюньское солнце свѣтитъ во дворъ петербургскаго трехъ-этажнаго дома.

Это — одинъ изъ тѣхъ узкихъ и грязныхъ дворовъ, которые составляютъ изнанку грандіозныхъ и чопорныхъ стѣнъ, глядящихъ на улицу, гдѣ, сразу, послѣ ея шума, движенія, блеска зеркальныхъ оконъ и безукоризненныхъ вывѣсокъ, вы почувствовали-бы себя словно ввалившимися въ помойную яму, гдѣ вѣчно затрудняютъ проходъ ломовыя подводы съ рогожными койками, съ мечущимися около нихъ и орущими на весь дворъ мужиками, глазъ встрѣчаетъ кучи старыхъ досокъ и бревенъ, грозящіе обуви куски кирпича и щебенки,— потому что тамъ вѣчно что-нибудь строится или ремонтируется,— снуютъ подъ ногами стаи сопливыхъ ребятишекъ, возящихъ по двору старый башмакъ съ положенными въ немъ двумя щепками, изображающими "кавалера и даму", или вдругъ бросится на васъ разлетѣвшійся на поворотѣ субъектъ въ пестрядинномъ халатѣ, съ разноцвѣтнымъ лицомъ и пустой сороковкой подъ мышкой, только вынырнувшій изъ подвала съ низенькой закоптѣлой дверью и подслѣповатымъ окошкомъ, откуда несутся оглушительный стукъ молотка по желѣзу и смрадъ мастерской...

Пока еще рано. Всего лишь восьмой часъ въ исходѣ. На дворѣ ни души, кромѣ самаго ранняго изъ всѣхъ бродячихъ

1

пѣвцовъ — рванаго мужичонки съ холщевымъ мѣшкомъ за спиною, тянущаго унылымъ теноркомъ свою монотонную арію:

— Костей-тря-я-япокъ... бутылокъ-банокъ прода-а-ать...

Глядѣвшее изъ-за трубъ сосѣдняго высокаго дома и давно пригрѣвавшее верхніе два этажа надворной грязно-желтой стѣны уже горячее солнце поднялось еще выше и обдало лучами всю стѣну, пославъ ихъ и въ небольшія квадратныя окна подвальной квартиры съ поцѣлуемъ привѣта горшкамъ китайскаго розана, герани и колючаго кактуса, тотчасъ-же озарившихся веселой улыбкой изъ-за осѣняющихъ ихъ кисейныхъ занавѣсокъ, а сонливо хохлившаяся въ своей деревянной клѣткѣ, подвѣшенной подъ потолкомъ, канарейка радостно заскакала по жердочкамъ и залилась своей первой утренней трелью...

Бросивъ на полъ золотистыя пятна, солнце скользнуло по грязноватымъ стѣнамъ низенькой комнаты, засіяло блестящими бликами на старой, плохонькой мебели и сосредоточило всю силу лучей въ одномъ углу, тамъ, гдѣ былъ столъ съ разставленнымъ на немъ чайнымъ приборомъ, стоялъ шкафчикъ краснаго дерева со стеклянною дверцей, откуда виднѣлись росписныя чайныя чашки, стаканы и рюмки, а рядомъ съ нимъ, по стѣнѣ, медленно двигался маятникъ старинныхъ часовъ съ крупно намалеваннымъ розаномъ на циферблатѣ.

Вся эта стѣна была усѣяна цѣлымъ полчищемъ мухъ, тихо сидѣвшихъ шеренгами, словно въ ожиданіи хозяевъ. Отъ времени до времени какая-нибудь нетерпѣливая муха взлетала, кружилась съ безпокойнымъ жужжаньемъ надъ чашками и, какъ-бы одумавшись, снова садилась на мѣсто.

Въ комнатѣ было три двери. За одной визжала кофейная мельница. Дверь насупротивъ была плотно притворена. Она вела въ коморку, гдѣ стоялъ теперь ровный матовый свѣтъ, благодаря низко опущенной шторѣ, скрывавшей отъ нескромныхъ глазъ со двора разныя принадлежности женскаго гардероба, которыя висѣли на стѣнахъ или просто валялись на

2

стульяхъ, а главное — двѣ желѣзныхъ кровати, стоявшихъ вдоль стѣнъ, одна противъ другой, съ виднѣвшимися на нихъ фигурами спящихъ.

Одна, плотно окутавшаяся съ головой въ простыню, представляла изъ себя неподвижный коконъ. Другая была покрыта ситцевымъ, сшитымъ изъ разноцвѣтныхъ лоскутковъ одѣяломъ, которое на половину скатилось на полъ, обнаруживая туловище въ женской сорочкѣ и голую шею съ облеченнымъ въ кисейный чепчикъ затылкомъ. Лицо спящей было глубоко зарыто въ промежуткѣ между стѣной и подушками.

— Раки, р-раки!— зычно раздалось за окномъ.

Фигура подъ одѣяломъ обнаружила признаки жизни. Ея сосѣдка, подъ простынею, продолжала хранить неподвижность.

— Раки крупны!!

Послышался глубокій и продолжительный вздохъ, какой испускаетъ пробуждающійся отъ крѣпкаго сна, затѣмъ одѣяло зашевелилось и спрятанное въ подушкахъ лицо медленно появилось наружу, моргая и щурясь отъ ударившаго въ глаза его свѣта.

Это было лицо дѣвицы, не первой ужъ молодости и не отличавшееся особенной привлекательностью, особенно въ эту минуту — измятое и опухшее отъ сна и облеченное въ чепчикъ, изъ-подъ котораго выбились растрепанныя космы волосъ въ папильоткахъ изъ газетной бумаги...

Она потянулась, зѣвнула и нѣсколько минутъ пребывала недвижной, съ закинутыми за шею руками, лежа на спинѣ, съ устремленными въ неопредѣленное пространство мутными съ просонья глазами, какъ-бы приходя въ себя и прислушиваясь.

На дворѣ кричалъ татаринъ съ халатами... За стѣной трещала канарейка... Точно собираясь разразиться хроническимъ простуженнымъ кашлемъ, захрипѣли часы и пробили восемь...

Дѣвица протянула голую руку къ стоявшему у изголовья стулу, гдѣ безпорядочнымъ ворохомъ висѣли юбка и платье, а

3

рядомъ виднѣлся короббкъ сѣрныхъ спичекъ и валялось съ десятокъ тоненькихъ набивныхъ папиросъ, достала одну папиросу, зажгла ее и, лежа на правомъ боку, съ головой, прислоненной къ рукѣ, упиравшейся локтемъ въ подушку, стала курить.

Теперь за стѣною кто-то ходилъ и бренчалъ чайными чашками.

Дѣвица продолжала курить, скользя разсѣяннымъ взоромъ по спящей на противоположной кровати фигурѣ, все еще не подававшей признаковъ жизни. Потомъ, такъ-же разсѣянно, перевела она взоръ на ближайшій предметъ — висѣвшее на спинкѣ стула свѣтло-голубое ситцевое платье, взяла его, медленно потянула къ себѣ — и вдругъ лицо ея вспыхнуло и губы прошипѣли со злобой:

"Экая стерва! Мерзавка!"

Въ эту минуту дверь въ спальню пріотворилась и въ нее заглянуло лицо въ старушечьемъ чепчикѣ.

— Глафира! Вѣруша! Вставайте!

Сказавъ это, лицо въ старушечьемъ чепчикѣ тотчасъ-же скрылось.

Дѣвица съ папироской стремительно соскочила съ постели и, схвативъ со стула платье, которое только что разсматривала, какъ была, въ одной рубашкѣ, босая, бросилась къ двери, крича:

— Маменька! Пошлите Лукерью!

Она распахнула дверь въ слѣдующую комнату, гдѣ, какъ разъ въ эту минуту, пожилая, толстая женщина, въ повойникѣ и сарафанѣ, ставила на столъ кипящій самоваръ.

Дѣвица подскочила къ ней и, тыча ей въ лицо платьемъ, которое держала въ рукахъ, закричала:

— Это что? Что я тебѣ говорила? А? Что я тебѣ говорила?!

— А что такое? Что говорила? — невозмутимо откликнулась женщина въ сарафанѣ, поставивъ самоваръ на подносъ и шмыгнувъ концомъ фартука у себя подъ носомъ, а потомъ по лицу.

— Говорила я тебѣ вчера съ вечера, чтобы ты замыла пятно? А? Говорила?

4

— Ну, говорила…

— А это что? Это что?

— Ну, и замою. Подумаешь, только и дѣловъ у меня…

— Лѣнтяйка!

— Еще-бы-те, да!— тряхнула головой, подбоченясь, Лукерья.— Небось только у меня и заботушки, что хвостъ трепать да папирёски курить!— прибавила она, направляясь изъ комнаты.

— Молчать!— топнула босою ногою дѣвица.

— Не испугаюсь! Не бось!

— Дура!

— Отъ такой слышу!— отпарировала Лукерья и, уходя, хлопнула дверью.

Сжавъ кулаки, дѣвица бросилась было за нею, но затѣмъ какъ-бы одумалась.

— Вотъ оно! Слышали?! Вотъ оно, ваше потворство!— гнѣвно обратилась она, дѣлая жесты, къ худенькой, смиреннаго вида старушкѣ, которая во время этой сцены, не принимая въ ней; никакого участія, копошилась у шкафчика.

— Полно, Глаша, какъ тебѣ не стыдно, съ самаго утра и лба еще не перекрестивши…— начала-было та примирительнымъ голосомъ, но дѣвица тотчасъ-же ее прервала:

— Ахъ, ужъ вы-то молчите пожалуйста!!

И въ самомъ раздраженномъ состояніи духа она бросилась въ спальню, швырнула тамъ платье и, подступивъ къ кровати со спящей подъ простынею фигурой, принялась ее тормошить:

— Вѣра! Вѣра! Вставай!

II

Мухи веселою стаей кружились теперь надъ столомъ, дрались и рѣзвились, жужжа между стѣнками фаянсовой треснувшей сахарницы, падая въ горячее кофе и тотчасъ-же въ немъ сравиваясь, дразня назойливымъ приставаньемъ, какъ-бы съ намѣреніемъ во что-бы то ни стало вывести изъ терпѣнья сидѣвшихъ за самоваромъ трехъ женщинъ, пившихъ въ молчаніи кофе.

— Тьфу вы, окаянныя!— въ бѣшенствѣ наконецъ разразилась Глафира, только что отпустивъ себѣ звонкую пощечину, чтобы убить одну, особенно безотвязную муху, и принялась хлопать платкомъ по столу, по стѣнамъ и по чему ни попало.— Вотъ вамъ! вотъ вамъ! Пр-роклятыя!

Дурное настроеніе духа, въ которомъ она встала съ постели, не покидало ея. Одѣтая въ юбку и кофту и все еще въ папильоткахъ, она пила свой кофе въ напряженномъ молчаніи, съ нахмуреннымъ лбомъ и опущеннымъ взоромъ, злая на все: и на мухъ, и на солнце, даже на кофе, обжигавшій ей губы, и готовая въ каждый моментъ, по малѣйшему поводу, разразиться бурною вспышкой.

Сорвавъ свое сердце, она снова замкнулась въ мрачномъ молчаніи.

Казалось, расположеніе духа Глафиры давило тяжелымъ гнетомъ все окружающее. Даже канарейка притихла. Толстый бѣлый котъ, Глафиринъ любимецъ, подошедшій-было къ ней приласкаться и получившій въ отвѣтъ сердитый пинокъ, обиженно сидѣлъ на стулѣ, въ углу, и сумрачно умывался. Лишь одинъ маятникъ невозмутимо стучалъ на стѣнѣ, нарушая молчаніе застольнаго общества.

Смиреннаго вида старушка, въ чепцѣ и темномъ ситцевомъ платьѣ, разливавшая кофе, прихлебывала съ блюдца коротенькими, можно сказать, боязливыми глоточками, избѣгая встрѣтиться взглядомъ съ Глафирой и лишь краешкомъ глаза смотря въ ея сторону, когда нужно было принять отъ нея пустую и обратно передать вновь налитую чашку. Въ тѣхъ случаяхъ, когда ей приходилось обратиться съ какой-нибудь фразой къ младшей своей дочери, Вѣрѣ, сидѣвшей отъ нея по правую руку, она произносила ее односложно, въ полголоса, тѣмъ болѣе, что и та не

6

обнаруживала съ своей стороны охоты къ бесѣдѣ, такъ какъ все вниманіе этой дѣвицы было поглощено интересной исторіей "Королевы Марго". Она сидѣла, широко облокотившись обѣими руками на столъ и обхвативъ ими голову, а глаза ея жадно скользили по страницамъ растрепанной книги, лежавшей рядомъ съ чашкой давно уже простывшаго кофе, въ которомъ барахтались двѣ затонувшія мухи...

Вдругъ задребезжалъ колокольчикъ. Онъ послышался изъ растворенной двери, противъ которой сидѣла старушка. Эта тотчасъ-же схватилась со стула и скрылась изъ комнаты.

Пройдя маленькій темный корридорчикъ, она очутилась въ помѣщеніи скромной табачной лавчонки съ обычной ея обстановкой: стекляннымъ шкафомъ, гдѣ пестрѣли разноцвѣтные коробки и картузы съ табакомъ и папиросныя пачки, съ прилавкомъ, на которомъ лежала витрина, вмѣщавшая въ себѣ разную мелочь въ видѣ бронзовыхъ запонокъ, флаконовъ съ духами, банокъ съ помадой, ручекъ для перьевъ и проч., и съ цѣлою горкой дешевыхъ дѣтскихъ игрушекъ, между которыми выдѣлялся картонный мальчикъ, натуральнаго дѣтскаго роста, съ растопыренными руками и вытаращенными фарфоровыми глазами.

Передъ прилавкомъ стоялъ молодой человѣкъ въ юнкерской формѣ.

— Десятокъ Лаферма, — заявилъ онъ, какъ-то странно сопя и озираясь по сторонамъ.

Получивъ требуемое, онъ тотчасъ-же растерзалъ облекавшую папиросы бумажку, вынулъ одну папиросу, вложилъ ее въ ротъ и потянулся лицомъ за прилавокъ.

— З-закурить... П-пажалста...

— Вы не тѣмъ концомъ держите, — заявила старушка.

— Не тѣмъ? Уд-дивительно!.. Гранъ-мерси!

Закуривъ, юнкеръ сдѣлалъ подъ козырекъ и повернулся на лѣво кругомъ.

— О ревуаръ!

Отпустивъ покупателя, старушка вернулась въ столовую.

Тамъ все было по старому. Вѣра читала. Глафира курила и болтала ногою, положивъ одну на другую.

7

— Юнкеръ какой-то... Десятокъ Лаферма купилъ,— сообщила старушка, садясь на свое прежнее мѣсто; — и удивительно, право: только девять часовъ, а отъ него ужъ какъ изъ бочки разитъ!.. Въ дверяхъ даже запнулся... Я думала, пожалуй, растянется...

Все это было повѣдано съ единственной цѣлью "пробить ледъ", какъ говорится, но не достигло своихъ результатовъ. Обѣ дѣвицы пребывали безмолвны.

Старушка испустила подавленный вздохъ и уныло спросила:

— Будете еще кофей-то пить?

Вѣра, не отнимая глаза отъ романа, качнула головой отрицательно. Глафира сдѣлала то же.

— Лукерья! — крикнула громко старушка.

Вошла давишняя толстая женщина въ сарафанѣ, обняла самоваръ и ушла съ нимъ, сохраняя на лицѣ мрачно-обиженное выраженіе, съ очевиднымъ разсчетомъ уязвить этимъ старшую барышню.

Старушка перемыла посуду, спрятала въ шкафчикъ и вышла, вздохнувъ на всю комнату...

Вѣра лѣнивой походкой направилась-было съ книгой къ дивану, передъ которымъ стоялъ овальный шатавшійся столъ, покрытый вязаной, порванной мѣстами салфеткой, обнаруживая намѣреніе расположиться на диванѣ съ комфортомъ.

— Куда? — тотчасъ-же ее остановила Глафира; — нѣтъ, ужъ извините пожалуйста! Я сейчасъ тамъ буду чесаться!

Съ тою порывистостью, которою сопровождались всѣ движенія старшей дѣвицы, она схватилась со стула и, устремившись къ старомодному неуклюжему комоду, на которомъ стояло туалетное зеркало на ножкахъ съ точеными столбиками, въ сосѣдствѣ съ многочисленной коллекціей разныхъ предметовъ, въ родѣ стекляннаго пасхальнаго яйца съ панорамой, яблока, сдѣланнаго искусно изъ мыла, разрисованныхъ бонбоньерокъ, фарфоровыхъ пастушковъ и собачекъ и пр. (все это было уже довольно старо и засижено мухами), сняла зеркало съ мѣста, перенесла его на столъ передъ диваномъ и тотчасъ-же тамъ расположилась.

Строго говоря, за минуту предъ тѣмъ у нея и въ мысляхъ совсѣмъ не было заняться сейчасъ своимъ туалетомъ, и это намѣреніе она выказала съ единственной цѣлью — воспрепятствовать младшей сестрѣ сѣсть на диванъ...

Та безпрекословно повиновалась, примостилась съ книгой съ краю стола и тотчасъ-же припала надъ нею, широко развалившись съ локтями и спрятавъ голову въ руки.

Глафира напудрила щеки и принялась распускать папильотки, устремивъ глаза въ зеркало, гдѣ отражалось ея немолодое и злое лицо, и она всматривалась въ это лицо, замѣчая морщинки на лбу и у носа... Она хорошо знала лицо свое, даже, въ каждое данное время, могла себѣ его представить на память, — но только теперь, въ эту минуту, она вдругъ на немъ замѣтила нѣчто, никогда ею прежде невиданное: двѣ серебряныхъ нити, предательски блестѣвшихъ на правомъ вискѣ...

Она медленно отстранилась отъ зеркала, продолжая распускать папильотки, между тѣмъ какъ лицо ея приняло вдругъ совершенно другое, особенное, никогда не подмѣчаемое ею на немъ выраженіе, такъ какъ зеркало никогда Глафирѣ о немъ не докладывало... Это бывало въ тѣхъ случаяхъ, когда Глафира вдругъ ощущала потребность остаться одной и думать о томъ, какая она несправедливая, гадкая, злая, какъ много отъ нея всѣ страдаютъ, точно кто-нибудь виноватъ, что она не молода, некрасива и никто не хочетъ взять ее замужъ... И въ эти минуты, вотъ какъ и теперь, лицо ея дѣлалось глубоко-скорбнымъ и кроткимъ, а сѣрые, большіе глаза, смягченные сосредоточенною и печальною думой, становились даже прекрасными.

Съ этою сосредоточенною и печальною думой, со взоромъ, устремленнымъ неподвижно въ пространство, она медленно вынула изъ волосъ послѣднюю папильотку, расчесала свою длинную косу (которая, она знала, была у нея хороша), заплела ее и уложила вѣнкомъ на затылкѣ, стерла

9

полотенцемъ пудру съ лица — машинально и безсознательно продѣлывая весь этотъ рядъ привычныхъ движенiй — и въ заключенiе всего, такъ-же машинально и безсознательно, взглянула на свое отраженiе въ зеркалѣ.

Оттуда на Глафиру смотрѣло, мягко и кротко, лицо ея, посвѣжѣвшее и похорошѣвшее, безъ угрюмыхъ морщинъ, которыя старили это лицо на цѣлый десятокъ лѣтъ,— теперь совсѣмъ молодое, довольно правильное и даже прiятное...

Во всемъ этомъ она не могла себѣ не сознаться,— и тотчасъ же почувствовала прекрасное расположенiе духа. Она вскочила съ дивана, схватила и поставила зеркало на старое мѣсто и, мурлыкая какую-то пѣсню, направилась въ спальню, гдѣ нашла свое голубое платье замытымъ, разглаженнымъ и готовымъ къ ея услугамъ.

Она скоро вернулась, одѣтая, повертѣлась предъ зеркаломъ и медленнымъ шагомъ прошлась по всей комнатѣ, стуча высокими каблучками ботинокъ. Она была довольна собою, довольна этимъ солнечнымъ днемъ, довольна и тѣмъ, что на дворѣ что-то выкрикивала веселымъ напѣвомъ баба-разнощица и шумно рѣзвились мальчишки...

Вѣра, по прежнему, развалившись съ локтями и низко нагнувшись надъ книгой, пожирала глазами страницы. Щеки ея разгорѣлись и дыханiе спиралось въ груди. Она читала о томъ, какъ два друга, графъ Коконасъ и Лямоль, придя къ Рене-Флорентинцу, открыли ему, что оба они влюблены, одинъ въ королеву Марго, другой — въ подругу ея, герцогиню Неверъ, и просятъ, чтобы онъ приворожилъ сердца ихъ красавицъ. И вотъ только что успѣлъ Рене-Флорентинецъ совершить свои чары (изображенiе этого Вѣра прочла съ бьющимся сердцемъ), какъ раздаются шаги, и оба молодыхъ человѣка вдругъ видятъ передъ собою своихъ обѣихъ возлюбленныхъ... Вся пылая желанiемъ знать, что будетъ дальше, она только что хотѣла перекинуть страницу, какъ подкравшаяся сзади Глафира вдругъ выхватила у нея изъ-подъ носа книгу, воскликнувъ:

— Будетъ читать!

Она отбѣжала со смѣхомъ и, протягивая сестрѣ издали книгу, кричала:

— Отыми!

— Отдай, Глаша, что-жъ это такое, въ самъ-дѣлѣ...— пробормотала съ неудовольствіемъ молодая дѣвица.

— А вотъ отыми! Тогда и получишь!

Но Вѣра не трогалась съ мѣста и лишь протянула плаксиво, вся сморщившись:

— Отда-ай!

— Ну, на, на, нюня, возьми!— успокоила ее тотчасъ-же Глафира и со вздохомъ прибавила:— Господи, какая ты вялая! Я, право, на тебя удивляюсь!

Не обращая болѣе вниманія на сестру, она устремилась къ развалившемуся на стулѣ своему любимцу-коту, который жмурился, грѣясь на солнышкѣ.

— Котикъ! Бѣдный мой котикъ! Обидѣли котика?

И вставъ на колѣни предъ стуломъ, она принялась любовно гладить кота по спинѣ, щекотать подъ горломъ и за ухомъ, разговаривая сладенькимъ голосомъ, какъ нѣжная мать съ любимымъ малюткой, и осыпая кота поцѣлуями.

— А котикъ кушалъ сегодня печеночку? Кушалъ? Понравилось котику?.. А котикъ сегодня ночью нигдѣ не нагадилъ? Нѣтъ? Умникъ былъ котикъ?

Наконецъ, когда бѣлый любимецъ ея замурлыкалъ, Глафира поцѣловала кота въ самую морду, встала съ колѣнъ и обратилась къ цвѣтамъ — тоже опять съ разговоромъ:

— А что мои цвѣточки подѣлываютъ? Пить цвѣточки хотятъ?.. Ну, погодите, милые, сейчасъ, сейча-асъ!

Глафира принесла ковшикъ съ водой и усердно занялась поливкой. Въ серединѣ этого занятія, въ лавочкѣ задребезжалъ колокольчикъ. Бросивъ ковшикъ, она устремилась изъ комнаты, затѣмъ очень скоро вернулась и заявила, за неимѣніемъ другихъ собесѣдниковъ, обращаясь къ коту и теребя его за ухо:

— Какой-то мальчикъ грифель купилъ и папиросъ Мариландъ спрашивалъ. А у насъ ихъ никогда и не было! Слышишь, котикъ?.. Маменька, отчего у насъ нѣтъ папиросъ Мариландъ?— обратилась она тотчасъ-же къ старушкѣ, которая, показавшись въ это время изъ кухни, хлопотливо шла къ шкафчику. И въ то время, какъ мать, нагнувшись къ нижней полкѣ, что-то тамъ доставала, расшалившаяся дѣвица трясла ее за плечо и кричала надъ ухомъ: — Маменька, отчего у насъ нѣтъ Мариланда? А? Отчего у насъ нѣтъ Мариланда?!

— Ахъ, отстань, Глафира, некогда мнѣ! — отозвалась съ неудовольствіемъ старушка.

Та повернула ее къ себѣ за плечо и заглянула въ лицо... Мать съ кислымъ видомъ отъ нея отворачивалась, какъ-бы тяготясь этимъ заигрываньемъ и даже на него негодуя. Это была ея всегдашняя тактика. Когда старшая дочь сердилась, мать падала духомъ и предъ нею заискивала; но стоило только Глафирѣ смягчиться, какъ старушка въ ту-же минуту принимала обиженный видъ, словно вознаграждая себя и отмщая Глафирѣ, благодаря чему часто случалось, что та снова впадала въ раздраженное состояніе духа...

Такъ и теперь, — брови старшей дѣвицы опять уже стали-было нахмуриваться, но она въ ту-же минуту преодолѣла себя, не желая портить свѣтлаго своего настроенія, оставила старушку въ покоѣ и ограничилась тѣмъ, что произнесла на распѣвъ, неизвѣстно къ кому обращаясь:

— На-пле-ва-а-ать!.. На-пле-ва-а-ать!..

III

У Николы Морского только что отошла вечерня и небольшая толпа богомольцевъ спускалась въ разсыпную по паперти. Между ними были Глафира и Вѣра.

Очутившись въ окружающей церковь оградѣ, Глафира остановилась. Сестра ея машинально сдѣлала то-же.

Послѣ затхлаго воздуха церкви и сумеречнаго унынія неинтересной службы, не оживляемой пѣніемъ пѣвчихъ, здѣсь, въ этой оградѣ, среди веселыхъ деревьевъ, въ этотъ тихій, лѣтній вечеръ, съ ясно-голубымъ, безоблачнымъ небомъ и косыми лучами заходящаго солнца, посылавшаго прощальный привѣтъ крышамъ и трубамъ окрестныхъ домовъ, дышалось легко и привольно.

Глафира осмотрѣлась направо, налѣво, украдкой оглянулась назадъ и тихо спросила у Вѣры:

— Ты не видишь его?

— Не вижу,— такъ-же тихо отвѣчала сестра, пристально смотря себѣ подъ ноги.

Обѣ дѣвицы сдѣлали нѣсколько шаговъ по аллеѣ, гдѣ гуляли мужчины и дамы, сновали и рѣзвились съ хохотомъ дѣти и виднѣлись на скамейкахъ чинно сидящія группы — больше все мамки съ грудными младенцами на рукахъ или въ плетеныхъ колясочкахъ.

— Посидимъ здѣсь немножко,— сказала Глафира,— страсть домой мнѣ не хочется!

Младшая сестра не заявила протеста, а Глафира воззрилась впередъ и воскликнула:

— А вонъ тамъ и мѣсто есть! Пойдемъ поскорѣе!

На скамейкѣ, послѣдней въ аллеѣ, сидѣла одна только полногрудая мамка, держа на колѣняхъ закутаннаго въ одѣяльце младенца. Сестры заняли все остальное свободное мѣсто.

Дѣвицы сидѣли въ молчаніи. Вѣра, потупившись, чертила на пескѣ зигзаги кончикомъ зонтика... Глафира смотрѣла вдаль по аллеѣ... Вдругъ она воскликнула шопотомъ, толкнувъ Вѣру локтемъ:

— А вонъ и онъ!.. Вонъ идетъ!

— Сюда идетъ? — переспросила та, тоже шопотомъ, въ которомъ слышался ужасъ.

Она вся покраснѣла и еще ниже потупилась. Сухія щеки старшей сестры ея тоже заалѣлись румянцемъ, но совсѣмъ по противоположной причинѣ. Вѣра горѣла отъ смущенья и робости, испытываемыхъ ею всегда въ присутствіи мужчины,— какого-бы ни было — тогда какъ Глафира вся была преисполнена радостью удовлетворенныхъ надеждъ, снѣдавшихъ ее еще давича въ церкви...

— Идетъ? — шепнула немного погодя опять Вѣра.

— Идетъ! — отвѣчала Глафира.

— Сюда?

— Сюда.

Вѣра сдѣлала порывистое движеніе встать, но Глафира тотчасъ-же ее удержала, схвативъ за рукавъ.

— Куда ты, глупая?

— Глаша, голубушка, уйдемъ!

— Вотъ еще вздоръ!

— Онъ къ намъ подойдетъ...

— Ну, такъ что-жъ? И пускай!

— Онъ будетъ еще разговаривать...

— И отлично!

— Ну, ради Бога... Пойдемъ!

— Да чего ты боишься? Съѣстъ онъ, что-ли тебя?

— Свинство это съ твоей стороны!

— Онъ еще домой насъ проводитъ...

— Безсовѣстная!! — прошипѣла, вся багровая, Вѣра.

Пока между сестрами шла эта перепалка вполголоса, со скамейкой ихъ поравнялся молодой симпатичный блондинъ въ свѣтломъ пальто и соломенной шляпѣ. Онъ шелъ довольно быстрой походкой, заглядывая подъ каждую женскую шляпку и побѣдоносно поигрывая тоненькой камышевой тросточкой. Вѣроятно, онъ промахнулъ бы мимо скамейки, но Глафира крикнула громко:

— Здравствуйте!

Молодой человѣкъ вздрогнулъ всѣмъ туловищемъ, оглянулся, увидѣлъ сестеръ — и какъ бы весь растерялся...

Приподнявъ свою шляпу, онъ остановился, очевидно колеблясь — подойти или тронуться дальше.

Глафира кивала ему головой, улыбаясь привѣтливо... Требовалось подойти неизбѣжно.

Симпатичный блондинъ подошелъ и поздоровался, пожавъ протянутую ему старшею дѣвицею руку, между тѣмъ, какъ сестра ея бросила на него взглядъ, который, вѣроятно, бываетъ у травимой охотниками лани, и, побагровѣвъ еще пуще, если только это возможно, продолжала чертить зигзаги кончикомъ зонтика, глубоко его вонзая въ песокъ...

Судя безпристрастно, трудно бы было рѣшить, кто изъ нихъ болѣе казался смущеннымъ. Во всякомъ случаѣ, симпатичный блондинъ былъ теперь красенъ, какъ ракъ, и нерѣшительно топтался на мѣстѣ, перекладывая изъ одной руки въ другую свою побѣдоносную тросточку.

— Какъ бы вамъ сѣсть? — озабоченно спросила Глафира, — окидывая глазами скамейку.

Она сдѣлала-было попытку подвинуться, но въ эту минуту сидѣвшая рядомъ съ ней, съ краю, мамка съ ребенкомъ медленно встала и удалилась.

— Вотъ умница! — похвалила догадливую сосѣдку Глафира. — Садитесь же... Что же вы стоите!

Симпатичный блондинъ покорно опустился на скамейку, рядомъ со старшей дѣвицей.

— Признайтесь, вы насъ не узнали? — задала ему вопросъ его собесѣдница.

— Когда-съ?

— А вотъ сейчасъ, когда я окликнула васъ...

— Нѣтъ, что вы, помилуйте, я...

— Отчего же вы не хотѣли къ намъ подойти?..

— Что вы, я совершенно напротивъ-съ...

— Какъ это — совершенно напротивъ?

— То есть, мнѣ желательно было сказать... то есть я не то, а я хотѣлъ только выразить...

Тутъ бѣдный молодой человѣкъ, уже весь покрытый испариной, совершенно запутался, вынулъ платокъ и провелъ имъ по лицу.

Во все это время онъ ни разу не взглянулъ на свою собесѣдницу, принадлежа къ числу тѣхъ отчаянно-робкихъ людей, которые тѣмъ больше теряются, чѣмъ безцеремоннѣе обращеніе съ ними. Онъ былъ совсѣмъ еще юный, лѣтъ двадцати, если даже еще не моложе, съ свѣжимъ дѣвическимъ личикомъ, съ золотистымъ пушкомъ на щекахъ и надъ верхней губой. Волосы его были кудрявые, длинные и очень густые. О

15

наружности своей онъ, очевидно, сильно заботился, судя по новенькому, хотя и дешевому, пальто свѣтло-сѣраго цвѣта, яркому галстучку и золотому кольцу съ незабудкой изъ бирюзы, на безъимянномъ пальцѣ его бѣлой, вымытой чисто руки.

Глафира изучала всѣ эти подробности, не сводя съ него глазъ, блестѣвшихъ какъ-то особенно, съ лицомъ, все время оживленнымъ румянцемъ.

— А знаете, мы васъ видѣли въ церкви!

— Да-съ, я тамъ былъ...

— Значитъ, вы богомольный... Нынѣшніе молодые люди совсѣмъ не такіе... Вотъ ужъ, право, никакъ я не думала, чтобы вы были такой богомольный!

— То есть, я не... тово... мнѣ было нужно... я хотѣлъ встрѣтиться...

— Въ церкви?

— Да-съ.

— А, значитъ, свиданіе? Да?

— Да, то есть... видите ли... мнѣ нужно было увидѣться...

— Я понимаю. Съ кѣмъ-же увидѣться? Съ барышней?

Глафира задала этотъ вопросъ, перенеся вдругъ вниманіе съ лица своего собесѣдника на кончикъ собственной ботинки, выглядывавшей изъ-подъ подола ея платья, и мѣрно постукивая краемъ каблучка по песку...

— Ха! Совсѣмъ нѣтъ!— усмѣхнулся молодой человѣкъ; — просто, съ товарищемъ однимъ... сослуживцемъ... Сперва я искалъ его по саду, а потомъ и туда заглянулъ... Какія тамъ барышни!— прибавилъ блондинъ, снова весь покраснѣвъ.

— Ну, и что же, встрѣтили вы товарища вашего?

— Нѣтъ. Вѣрно, надулъ!

Наступило молчаніе, во время котораго Глафира все еще пристально созерцала кончикъ ботинки, выбивая тактъ каблучкомъ,— и затѣмъ, вдругъ спросила, растягивая слова и не подымая глазъ на сосѣда:

— А вы?... Не влюб-ле-ны?.. Ни въ ко-то?..

— Какъ-съ?

16

— Никакой нѣтъ у васъ барышни?

— Ха! Вотъ еще глупости!

— Какъ глупости? Почему же это глупости?

— А потому, что... потому, что — я совсѣмъ не нуждаюсь! — твердо произнесъ молодой человѣкъ.

— Вздоръ! Ни за что этому я не повѣрю! — засмѣялась Глафира, и стала усиленно обмахивать платкомъ свое разгорѣвшееся лицо. — Будто уже никакой нѣтъ у васъ барышни?

— Никакой! Честное слово!

— Не вѣрю!

— Ей-Богу! Вотъ же вамъ кресть! — съ жаромъ вскричалъ ея собесѣдникъ.

Глафира залилась шаловливымъ смѣхомъ и, ощутивъ вдругъ потребность дурачиться, воскликнула:

— А отчего васъ боятся?

— Кто боится? — съ недоумѣніемъ спросилъ молодой человѣкъ.

— Да вотъ, напримѣръ, сестра моя васъ очень боится... Знаете, она давеча чуть не умерла отъ испуга, когда васъ увидала... Ха-ха-ха!.. Честное слово! Спросите у нея у самой!

Вѣра, которая совсѣмъ уже было отдохнула, успокоенная тѣмъ, что на нее не обращаютъ вниманія, даже ахнула въ ужасѣ и, вся побагровѣвъ, какъ кумачъ, свирѣпо дернула сестру за рукавъ.

— Ха-ха-ха! — заливалась Глафира. — Да вы ее спросите, спросите!

— Не знаю-съ... я... ей-Богу... кажется... я... — пролепеталъ молодой человѣкъ, тоже весь красный, съ тоскливымъ отчаяніемъ смотря вдаль по аллеѣ и дыша тяжело, будто взбираясь по лѣстницѣ... Онъ, кажется, готовъ былъ даже заплакать.

Глафира смотрѣла на того и другого поперемѣнно и наслаждалась.

Юноша растерянно выхватилъ изъ кармана свой портсигаръ, досталъ папиросу и дрожащими руками напалъ закуривать.

Переставъ хохотать, Глафира глубоко вздохнула и произнесла жалобнымъ голосомъ:

— Господи, какъ мнѣ курить хочется! Еще давеча, въ церкви, хотѣлось!

— Сдѣлайте одолженіе-съ...У меня есть папиросы!— тотчасъ же воскликнулъ симпатичный блондинъ, выхватывая опять портсигаръ, будучи очевидно обрадованъ, что разговоръ перешелъ на другое.

Но Глафира возразила тѣмъ же жалобнымъ голосомъ:

— Да нельзя... Здѣсь вѣдь публика... Мнѣ неприлично...— И она со вздохомъ прибавила: — какіе, право, счастливые, эти мужчины! Имъ все позволяется!.. Противные эти мужчины!.. А такъ курить хочется... смерть!

— Да ничего-съ... Никто не увидитъ...— успокоивалъ ее молодой человѣкъ.

Глафира быстро оглянулась налѣво, направо... Вблизи, дѣйствительно, никого не виднѣлось. Только впереди, по аллеѣ, шли, направляясь въ ихъ сторону, двое какихъ-то господъ.

— Вотъ что!— рѣшительно сказала Глафира;— давайте мнѣ сюда вашу папиросу, а сами ко мнѣ наклонитесь и загородите меня!

И, стиснувъ въ горсти поданную ей сосѣдомъ закуренную папиросу, она спряталась у него за спиною, плотно къ ней прижавшись плечомъ, и медленно, съ паузами, сдѣлала нѣсколько глубокихъ затяжекъ.

— Идутъ,— прошепталъ, тяжело переводя, почему-то, дыханіе, молодой человѣкъ.

Глафира быстро приняла нормальную позу, швырнувъ окурокъ въ траву.

Отъ табачнаго дыма, или по другимъ какимъ-либо неизвѣстнымъ причинамъ, она была теперь блѣдна, какъ бумага, и тоже дышала съ трудомъ.

— Ф-фу!— сдѣлала она всѣми легкими и схватилась за сердце.

Затѣмъ, какимъ-то мутнымъ, растеряннымъ взоромъ осмотрѣвшись вокругъ, она встала на ноги, чуть-чуть зашаталась и, все еще дыша тяжело, словно только что спаслась отъ погони, заявила рѣзкимъ и отрывистымъ голосомъ:

— Ну, пора и домой! Вѣра, пойдемъ! Вы насъ проводите?— обратилась она къ симпатичному юношѣ.

— Я... извольте-съ... съ моимъ удовольствіемъ!..— подхватилъ тотъ, вставая.

Сестры взялись вмѣстѣ подъ ручку и направились къ выходу. Юноша пошелъ по пятамъ за дѣвицами.

Въ молчаніи всѣ трое вышли изъ сада, перешли улицу, достигли Харламова моста и вступили въ многолюдный и тѣсный Екатерингофскій проспектъ, держа путь къ Вознесенскому.

Сестры шли рядомъ, занявъ во всю ширину тротуаръ. Молодой человѣкъ слѣдовалъ сзади.

— Аркаша! Вотъ ты гдѣ, наконецъ!— громко вдругъ раздалось восклицаніе.

Всѣ трое остановились. Передъ ними стоялъ господинъ среднихъ лѣтъ, съ длинными висячими усами, въ потертомъ пальто и форменной съ кокардой фуражкѣ какого-то вѣдомства.

— Виноватъ-съ! Извините!— расшаркался онъ, замѣтивъ дѣвицъ, и сконфуженно попятился прочь съ тротуара.

— Сдѣлайте одолженіе, мы васъ не задерживаемъ!— съ достоинствомъ обратилась къ молодому человѣку Глафира.

И, чинно ему поклонившись, она съ сестрою тронулась дальше.

Сдѣлавъ нѣсколько шаговъ по тротуару, Глафира оглянулась украдкой.

Ихъ провожатый, подъ руку съ господиномъ въ фуражкѣ съ кокардой, пересѣкалъ Екатерингофскій проспектъ, направляясь къ Подъяческой.

Между ними шла такая бесѣда:

— Чортъ тебя знаетъ, куда ты пропалъ?!— горячился симпатичный блондинъ или "Аркаша", къ которому вернулась развязность тѣлодвиженій и онъ опять побѣдоносно размахивалъ своей камышевой тросточкой.

19

— Нѣтъ, лучше скажи, куда ты провалился? — спросилъ его спутникъ.

— Никуда не проваливался! Шлялся по саду, всѣ ноги себѣ отломалъ, даже въ церковь совался...

— Денегъ досталъ?

— Ни копѣйки! А у тебя тоже нѣтъ?

— Ни одного сантима!

— Фю-фю! Дѣло-швахъ!

— Чего ужъ сквернѣе! Къ Тетерькину развѣ толкнуться?

— Вали!

IV

Вечерній чай уже отпили, самоваръ почти совсѣмъ сталъ холодный, посуда давнымъ-давно была перемыта, а маленькое застольное общество, сидѣвшее здѣсь какъ и давеча утромъ, все еще пребывало на своихъ обычныхъ мѣстахъ, въ молчаніи, погруженное въ думы.

Лѣтнія сумерки сгустились въ ту полупрозрачную мглу, которая, на какихъ нибудь полчаса, смѣняетъ красную вечернюю зорьку предъ наступленіемъ бѣлой питерской ночи.

Душно было въ квартирѣ, душно и на дворѣ, гдѣ еще слабо боролись остатки вечерняго свѣта съ тѣнями ночи... Окошки были распахнуты настежь, но ни малѣйшая струя вѣтерка не шевелила легкихъ кисейныхъ занавѣсокъ, не шевелила ни единый листочекъ словно погруженныхъ въ дремоту растеній на подоконникахъ — и туда, къ этимъ окошкамъ, ясно свѣтлѣвшимся въ полумракѣ квартиры, обращены были застывшія въ мертвомъ безмолвіи лица старушки и двухъ ея дочекъ.

Всѣ три сидѣли какъ каменныя, погруженныя каждая въ свою особливую думу, и падавшее изъ оконъ слабое отраженіе свѣта рисовало въ окружающей мглѣ лица всѣхъ трехъ неподвижными бѣлыми пятнами.

Громкое, какъ бы въ испугѣ, восклицаніе старушки, всплеснувшей при этомъ руками, нарушило вдругъ тишину... Оно раздалось такъ неожиданно, что обѣ сестры вздрогнули вмѣстѣ...

— Б-батюшки-свѣты! Вѣдь, что я забыла-то! Завтра родительская, а у насъ и лампадка не теплится!!

Она вскочила со стула и суетливо заметалась по комнатѣ.

— Господи, давно уже десять часовъ, а мы и не слышимъ! И Лукерья все не идетъ... Вѣрно, заснула... Лукерья! Лукерья!

Заспанная Лукерья явилась и унесла самоваръ, а старушка убрала въ шкафчикъ посуду и завозилась передъ кіотой.

Скоро трепетный свѣтъ зажженной лампадки мягко забрежжился на серебряныхъ ризахъ и позолоченныхъ вѣнчикахъ стоявшихъ за стеклянной дверцей кіоты иконъ, наполнивъ всю комнату кроткимъ покоемъ и миромъ...

Старушка скрылась на кухню, гдѣ ей предстояла бесѣда съ Лукерьей по поводу необходимыхъ распоряженій на завтра, и сестры остались вдвоемъ.

Обѣ пребывали въ молчаніи, устремивъ задумчиво взоры къ лампадкѣ.

Наконецъ Глафира пошевелилась, испустила глубокій, продолжительный вздохъ, медленной, безшумной походкой направилась къ окнамъ, остановилась и вперила глаза въ то пространство двора, которое открывалось предъ ними.

Видна была мостовая; различались сквозь сумракъ подвальныя окна противоположнаго флигеля, нижняя часть водосточной трубы, съ подставленной кадкой, и прислоненныя тутъ же къ стѣнѣ, должно быть забытыя дворниками, метла и лопата... Медленно, крадучись, прошла по двору кошка — и скрылась... "Ма-а-ау!" глухимъ, протяжнымъ басомъ гдѣ-то откликнулся котъ...

И снова глубокій, продолжительный вздохъ всколебалъ грудь Глафиры... Тупое, щемящее чувство, въ которомъ были и какая-то сладкая боль, и жажда чего-то, и грусть безотчетная, томило все существо старой дѣвицы...

21

А молодая сестра ея еще посидѣла немного, потомъ тоже медленно встала, подошла къ комоду, достала съ него послѣдній томъ "Королевы Марго" и, сѣвъ передъ кіотой, у самой лампадки, погрузилась въ прерванное предъ чаемъ чтеніе интереснаго романа Дюма.

Маятникъ усыпительно чикалъ... Гдѣ-то, въ углу, тонко и жалобно верещала, вѣроятно попавъ къ пауку, какая-то злополучная муха...

Глафира точно застыла, съ устремленными въ окошко глазами, вся во власти того-же неизъяснимаго, глубоко-щемящаго чувства... Вѣра читала и предъ умственнымъ взоромъ ея жилъ и двигался міръ королей и героевъ, образы которыхъ всё время носились въ ея головѣ...

И теперь, какъ всегда, она жадно глотала глазами страницы, отрѣшившись отъ всего окружающаго, и глубоко, всѣмъ своимъ существомъ, переживая отчаяніе двухъ неразлучныхъ друзей — графа де-Коконасъ и графа Лямоля — которые такъ хорошо все устроили было для побѣга Генриха Наваррскаго, (это должно было случиться во время королевской охоты, въ то время какъ преданные ему гугеноты скрывались въ лѣсу), что Вѣра предвкушала уже удовольствіе видѣть, какъ всё: и этотъ злой Карлъ IX, и его поганая мать, Катерина Медичи, а главное, этотъ подлецъ, герцогъ д'Алансонъ, всѣ, всѣ они останутся съ носомъ — и вдругъ все открыто, гугенотское войско бѣжало, бѣдные Коконасъ и Лямоль взяты въ плѣнъ и приведены къ къ Карлу IX, который уже конечно ихъ не помилуетъ, и этому доброму, милому Генриху опять неудача!

Вѣра совсѣмъ не слыхала, какъ старая мать ея вернулась изъ кухни, постелила себѣ на диванѣ постель, раздѣлась и, вставъ на колѣни, въ нѣсколькихъ шагахъ отъ нея, передъ кіотой, принялась молиться, шепча про себя, истово осѣняясь крестомъ и откладывая земные поклоны...

Окончивъ моленье, старушка улеглась на диванѣ и, сквозь зѣвоту, обратилась къ дѣвицамъ:

— Вы, смотрите, прислушивайтесь... Не равно, кто еще и зайдетъ... Ты, Глаша, не сейчасъ еще ляжешь?

— Нѣтъ, маменька... Я тамъ посижу, если хотите...— отозвалась Глафира, съ необычайною кротостью въ голосѣ.

— О-охъ, Господи... Очисти мя, грѣшную... А-а-а!— сладко зѣвнула старушка, поворачиваясь къ стѣнкѣ лицомъ.

Глафира вошла въ помѣщеніе табачной и сѣла на стулъ за прилавкомъ.

Спать ей совсѣмъ не хотѣлось. Нервы ея были сильно возбуждены и голова работала дѣятельно. Тамъ проходилъ рядъ безсвязныхъ мыслей, отрывочныхъ образовъ, будившихъ въ душѣ и грустныя, и сладкія чувства, наполнявшихъ все существо старой дѣвицы какой-то тупой и тягучей истомой... Ей такъ хорошо было теперь, здѣсь, одной, совершенно одной,— и ей казалось, что она могла-бы такъ просидѣть хоть цѣлую вѣчность, отдаваясь своимъ сокровеннымъ мечтамъ, которыхъ никто не подглядитъ, не узнаетъ... И никто не войдетъ, не прерветъ этихъ грёзъ, съ которыми она теперь одна-одинёхонька и которыя такъ далеки отъ всего, отъ всего, что вѣчно у нея предъ глазами, что надоѣло, постыло, что дѣлаетъ ее злой, раздражительной и отъ чего она готова бѣжать на край свѣта!..

Картонный мальчикъ въ углу, протягивая изъ сѣраго сумрака руки, словно дивуясь, таращилъ глаза на Графиру... Прямо свѣтлѣлось окошко, упиравшееся совершенно въ панель, гдѣ торчала чугунная тумба и мелькали изрѣдка ноги прохожихъ...

Уже менѣе суеты замѣчалось на улицѣ и становилось какъ будто свѣтлѣе. Скоро будетъ тихо совсѣмъ и бѣлая ночь воцарится надъ городомъ, а Глафира будетъ лежать, изнывая въ тоскѣ и безсонницѣ, какъ это съ ней сталось въ послѣднее время... Нѣтъ, нѣтъ, сегодня не будетъ тоски, она заснетъ сладко и крѣпко, потому что ей хорошо — такъ хорошо, какъ она давно ужъ не помнитъ,— и все время было ей хорошо, пока сидѣла она съ матерью и сестрою за самоваромъ, чуждая имъ болѣе чѣмъ когда-бы то ни было, и въ то самое время, когда одна изъ нихъ размышляла вѣроятно о томъ, какъ она пойдетъ завтра на Сѣнную съ Лукерьей, а другая — о своемъ дурацкомъ романѣ, — Глафира думала и мечтала о томъ, чего никогда не можетъ придти имъ и въ голову!

"Аркаша, Аркаша..." мечтательно прошептала Глафира.

И она тотчасъ же почувствовала, какъ горячая краска залила лицо ея до самыхъ корней волосъ... Но образъ бѣлокураго юноши съ дѣвическимъ личикомъ, съ золотистымъ пушкомъ на щекахъ и надъ верхней пунцовой губою стоялъ передъ ней безотвязно, она не могла не думать о немъ — и это началось съ той самой минуты, когда она давича съ нимъ разсталась на улицѣ.

А между тѣмъ Глафира его совершенно не знаетъ. Она знакома съ нимъ лишь потому, что онъ часто бываетъ въ ихъ лавкѣ, гдѣ покупаетъ табакъ. Даже и имя его было ей неизвѣстно и она узнала только сегодня, когда молодого человѣка окликнулъ на улицѣ этотъ противный усачъ...

...Онъ давно ужъ ей нравится... Да, вотъ уже около года!.. Она видитъ много народа, нѣкоторые шляются къ нимъ постоянно, есть и такіе, на которыхъ она обращаетъ вниманіе. Былъ даже одинъ офицеръ, о которомъ она думала нѣсколько дней — такъ, совершенно безъ всякой причины и цѣли, зная отлично, что ничего изъ этого выйти не можетъ, — и все-таки думала... Затѣмъ офицеръ куда-то пропалъ, и она совершенно о немъ позабыла... Съ нѣкоторыхъ поръ она стала думать объ этомъ блондинѣ. Онъ ее занималъ, она интересовалась имъ, какъ выражаются, но — ей казалось — нисколько не больше, чѣмъ тѣмъ офицеромъ... И вотъ сегодняшній вечеръ ей доказалъ, что она о немъ думаетъ больше, чѣмъ полагала сама про себя. Не даромъ рѣшилась она на свою смѣлую выходку, когда подозвала его и посадила рядомъ съ собой на скамейку! Для барышни даже совсѣмъ неприлично... Ну, и прекрасно! Такъ что-жъ? Онъ такой милый, простой, съ нимъ можно вести себя совсѣмъ на распашку — и это-то пуще всего привлекаетъ... Главное, онъ совсѣмъ точно красная дѣвушка и положительно ничего не можетъ скрывать! Ха-ха, какъ давеча растерялся онъ... Чудачокъ!.. И все время краснѣлъ и конфузился... Это потому, что онъ совсѣмъ неиспорченный и, очевидно, не испыталъ еще многаго, что знаетъ каждый мужчина... Какъ крѣпко онъ, вѣроятно, долженъ любить!..

...А почемъ знать? Что, если вдругъ...

...Но почему и не такъ?.. Ничего тутъ нѣтъ удивительнаго! Положительно, ничего удивительнаго! Если разобрать хорошенько, то окажется, что ему съ ней было пріятно... Во-первыхъ, онъ все время сидѣлъ на скамейкѣ, хотя-бы отлично могъ встать и уйти, даже просто не подойти, коли пошло ужъ на то... Затѣмъ, почему онъ все время конфузился?.. Положимъ, онъ робокъ... Но вѣдь не изъ-за одной-же робости только онъ во все время на нее не могъ поднять глазъ!.. И даже вотъ, наконецъ, когда она курила у него за спиною, прижавшись плечомъ, она слышала, какъ онъ весь дрожалъ... у нея самой голова закружилась... и она въ ту-же минуту почувствовала, что они такъ близки, близки другъ къ другу, какъ будто всю жизнь были вмѣстѣ!..

...Но вѣдь у него никогда духу не хватитъ самому дать понять, что она ему нравится... Это вздоръ! Она, Глафира, сама заставитъ его это сдѣлать!..

...Да, такъ-таки вотъ и заставитъ!.. Во-первыхъ, нужно будетъ короче съ нимъ познакомиться... Это вотъ самое главное. Можно будетъ для этого просто его пригласить посидѣть — не такъ, ни съ того, ни съ сего, а конечно подъ какимъ-нибудь удобнымъ предлогомъ... Ну, это она ужъ устроитъ! Сдѣлать это будетъ не трудно, она уже въ томъ убѣдилась... И вотъ онъ къ нимъ ходитъ... Иногда пьетъ у нихъ чай... Пусть иногда приведетъ съ собой кого нибудь изъ товарищей — хотя-бы, напримѣръ, этого самаго усатаго давишняго...

...Онъ говорилъ, что состоитъ гдѣ-то на службѣ... Вѣрно, на государственной... У него какая-нибудь мелкая должность... Не бѣда, обоимъ имъ хватитъ... Вѣдь это только пока, а потомъ онъ вѣдь выслужится... Вѣдь, наконецъ, и сама она будетъ работать — и какъ пріятно ей будетъ работать!.. Онъ ходитъ на службу, она сидитъ дома и шьетъ... Вотъ онъ приходитъ изъ должности... Они вмѣстѣ обѣдаютъ... Потомъ онъ можетъ

25

прилечь отдохнуть... Вечеромъ они пойдутъ въ гости къ какому-нибудь его сослуживцу, или къ нимъ зайдетъ кто-нибудь... его товарищъ съ женой... наконецъ, маменька, Вѣра... Можно будетъ позволить себѣ иногда и поѣхать въ театръ... Во всякомъ случаѣ, они должны соблюдать экономію — и она объ этомъ будетъ стараться!.. Главное, чтобы у нихъ въ домѣ не было пьянства... Ужъ ему-то она совсѣмъ не позволитъ — развѣ такъ, рюмку, двѣ, предъ обѣдомъ, но больше — ни-ни!.. Если у него окажется кто-нибудь изъ товарищей пьяница — такого она ни за что не потерпитъ и, безъ всякихъ-таки церемоній — пожалуйте, маршъ, вотъ Богъ, вотъ порогъ!.. (Кажется, вотъ этотъ усатый... онъ что-то ей подозрителенъ)... Ну, да вѣдь и самъ Аркаша того не допуститъ, конечно!

...А какъ хорошо имъ будетъ вдвоемъ!.. Вотъ зима, вечеръ, морозъ... У нихъ въ квартирѣ лампа горитъ... Онъ сидитъ за столомъ и пишетъ бумаги, а она тутъ-же, въ этой-же комнатѣ, шьетъ...— "А что, Глашенька, не пора-ли намъ самоварчикъ?.." — "Сейчасъ, Аркаша, сейчасъ!.." (Какое чудесное это имя — Аркадій!) Она къ нему подойдетъ, охватитъ за шею и поцѣлуетъ... Ахъ, хорошо!!. Аркаша! Аркаша!..

. . . .

Съ силой, отчаянно, точно готовый сейчасъ оборваться, задребезжалъ колокольчикъ, дверь стремительно распахнулась и хлопнула объ стѣну, едва удержавшись на петляхъ — и въ лавочку шумно ввалилась мужская компанія... Пока передній входилъ, слѣдующій за нимъ возился еще у порога, на ступеняхъ, ведущихъ въ лавочку съ улицы, виднѣлся еще, а за нимъ и еще... Всѣхъ было четверо.

Глафира поднялась за прилавкомъ и какъ-бы оцѣпенѣла на мѣстѣ...

— Папиросъ! Самыхъ лучшихъ!

Всѣ были пьяные. Въ одно мгновеніе ока атмосфера табачной наполнилась запахомъ портерной.

Глафира стояла безмолвная, не въ силахъ произнести ни

единаго слова, и только глядѣла во всѣ глаза на компанію, узнавая знакомыя лица...

У прилавка, привалившись къ нему всѣмъ своимъ грузнымъ туловищемъ, стоялъ, колыхаясь, усачъ. Рядомъ виднѣлся неизвѣстный субъектъ въ котелкѣ и одномъ пиджакѣ. Онъ стоялъ неподвижнымъ столбомъ и его, очевидно, сильно клонило ко сну... За нимъ рисовался силуэтъ, тоже неизвѣстнаго господина въ фуражкѣ. Этотъ былъ, кажется, изъ всѣхъ самый трезвый и держалъ подъ руку четвертаго — высокаго молодого человѣка въ свѣтломъ пальто и соломенной шляпѣ...

— Папиросъ! Поскорѣе!— повторилъ, клюнувъ носомъ, усачъ.

Глафира все еще пребывала въ оцѣпенѣніи, не въ состояніи сдѣлать движеніе и только во всѣ глаза продолжала смотрѣть — не на усача, не на товарища его въ котелкѣ, нѣтъ, не на нихъ,— а на того, на послѣдняго — на молодого человѣка въ свѣтломъ пальто, потому что это былъ никто иной, какъ Аркаша, застѣнчивый, скромный Аркаша,— теперь всѣхъ пьянѣе, всѣхъ безобразнѣе, съ развязавшимся галстухомъ, въ заломленной на самый затылокъ соломенной шляпѣ, и употреблявшій большія усилія, чтобы, при помощи спутника, твердо устоять на ногахъ...

Погрузившійся уже было въ дремоту субъектъ въ котелкѣ открылъ вдругъ глаза, медленно осмотрѣлся по сторонамъ и заплетающимся языкомъ произнесъ:

— А мнѣ п-пива... К-калинкинскаго...

И затѣмъ онъ опять сомкнулъ свои вѣжды.

— Что за чортъ! Папиросъ не даютъ!— оглянулся усачъ на остальную компанію.— Аркашка! Гдѣ ты? Аркашка! Скажи, чтобы дали намъ папиросъ!— потомъ, обернувшись къ Глафирѣ, онъ сдѣлалъ попытку галантно расшаркаться и прибавилъ, подмигнувъ однимъ глазомъ:— Вы ужъ насъ извините... мы эдакъ немножко, тово... Это все онъ... вонъ тотъ подлецъ... вонъ у дверей-то стоитъ... вашъ этотъ самый Аркаша прелестный!.. Потому, говоритъ, она для меня все готова исполнить, и за пивомъ, говорить, можетъ послать... Фу, чортъ, кажется, мнѣ-бы не слѣдовало... Ну, да, чортъ, наплевать! Вы не тово... не сердитесь... Ваша тайна умреть! Какъ честной человѣкъ!.. Слово — желѣзо!.. Могила!! — треснулъ усачъ себя въ грудь кулакомъ и, вдругъ разсвирѣпѣвъ почему-то, заоралъ, обернувшись назадъ: — Аркашка!! Да скажи-же ей, наконецъ, дьяволъ возьми твою душу, чтобы она дала папиросъ! Жив-ва!! Аркашка! На-адлецъ!

Аркаша только икнулъ.

— Вонъ!! — взвизгнула внезапно Глафира, стремительно выскакивая изъ-за прилавка. — Вонъ отсюда, сейчасъ! Маршъ! Сію же минуту! Не то полицію кликну! Вонъ, говорятъ!!

И, бросившись подобно тигрицѣ на усача, Глафира уцѣпилась ему обѣими руками за шиворотъ и, съ появившейся неожиданно откуда-то силой, повлекла его отъ прилавка къ дверямъ.

— Тетерькинъ... д-дай... ему... въ з-зубы... — промолвилъ, пробуждаясь изъ дремоты, субъектъ въ котелкѣ.

Въ ту же минуту, не выпуская изъ лѣвой руки воротника усача, къ удивленію, не заявлявшаго при этомъ никакого протеста, Глафира правою, свободною рукою продѣлала туже самую операцію и съ его компаньономъ и повлекла его тоже къ дверямъ.

Аркаша барахтался въ это время уже на ступенькахъ, ведущихъ на улицу, поддерживаемый господиномъ въ фуражкѣ.

— Сволочь! Мерзавцы! — послала во слѣдъ обѣимъ своимъ жертвамъ Глафира, вытолкнувъ ихъ за порогъ.

Пока субъектъ въ котелкѣ и усачъ вздымались съ трудомъ по ступенькамъ (Аркаша съ господиномъ въ фуражкѣ уже были на улицѣ), она захлопнула дверь и замкнула на ключъ.

Теперь она почувствовала упадокъ всѣхъ силъ, шатаясь пробралась за прилавокъ и, какъ мѣшокъ, опустилась на стулъ.

Уже совсѣмъ разсвѣло. Глафира сидѣла какъ мертвая, съ блѣднымъ, неподвижнымъ, словно окаменѣлымъ лицомъ.

За окномъ щебетали уже воробьи... Розовая полоска восходящей зари заскользила по крышамъ домовъ...

Тогда Глафира поднялась, точно пробудившись отъ сна, медленно вышла изъ лавочки, вступила въ столовую, гдѣ крѣпко спала, храпя и присвистывая, на своемъ диванѣ, старушка, и очутилась въ ихъ общей съ младшей дѣвицею спальнѣ.

Вѣра, должно быть, давно ужъ спала. Такъ же, какъ утромъ, она лежала укутавшись съ головой въ простыню и представляя изъ себя неподвижный коконъ...

Все съ тѣмъ же блѣднымъ, окаменѣлымъ лицомъ, съ безучастнымъ, остановившимся взоромъ, Глафира медленно раздѣлась, разулась, медленно легла на постель, повернулась къ стѣнкѣ лицомъ и нѣсколько времени лежала какъ мертвая... И вдругъ въ спальнѣ послышались тихія, заглушаемыя подушкой рыданія...

Во всей квартирѣ была тишина. Старушка безмятежно похрапывала. Вѣра не шевелилась подъ своей простынею.

Протекали послѣдніе дни августа мѣсяца, но погода еще стояла на славу. Лишь въ лунныя, безмятежныя ночи пронимало по временамъ холодкомъ да желтѣли и падали листья съ деревьевъ. Лѣто уходило медленно и какъ-бы съ сожалѣніемъ къ бѣдному петербургскому люду, задыхавшемуся въ теченіи самаго жгучаго времени въ каменныхъ, душныхъ стѣнахъ, и расточало ему свои послѣднія, уже усталыя ласки... Городъ день это дня оживлялся. На Невскомъ, въ предъ-обѣденный часъ, гуляли цѣлыя толпы. Бульвары и скверы кишѣли многочисленной публикой.

Было воскресенье. Солнце багровымъ шаромъ опускалось надъ взморьемъ. Часы на башнѣ Петропавловской крѣпости только что пробили семь и печально играли "Коль славенъ..." Послѣдняя нота курантовъ не успѣла еще замереть въ безвѣтренномъ воздухѣ, какъ въ Лѣтнемъ саду грянула музыка.

Передъ тѣмъ блѣдно-сѣрымъ павильономъ, съ пятью огромными окнами, который теперь стоитъ въ запустѣніи и гдѣ въ описываемое время былъ ресторанъ, за тѣсно разставленными мраморными столиками сидѣло уже порядочно публики и постепенно прибывало все больше.

Лакеи во фракахъ съ металлическими номерками въ петлицахъ мелькали, какъ духи, по всѣмъ направленіямъ, ловко лавируя между сидящими, вихремъ проносясь въ дверяхъ ресторана и разрываясь во всевозможныя стороны на раздававшіяся ежеминутно, то тамъ, то здѣсь, восклицанія: "ч-экъ!" изъ устъ какого-нибудь статнаго франта въ шикарномъ пальто и свѣтлыхъ перчаткахъ, или блестящаго гвардейца-военнаго съ звонкими шпорами. Здѣсь виднѣлись все сытыя и благодушныя лица... Вились голубые дымки папиросъ... Слышался смѣхъ...

А тутъ-же, бокъ-о-бокъ съ сидящими группами, медленно двигалась людская толпа — по-истинѣ "смѣсь одеждъ и лицъ"... По широкой средней аллеѣ, что тянется отъ ресторана къ Марсову полю, подъ высокою аркою протянувшихся справа и слѣва вѣтвей вѣковыхъ дубовъ и кленовъ, струились два встрѣчныхъ потока цилиндровъ, женскихъ соломенныхъ шляпъ, усовъ и бородъ, военныхъ погоновъ, солидныхъ носовъ, гимназическихъ "кепокъ", свѣжихъ дѣвическихъ личикъ — въ дыму папиросъ и сигаръ, въ нестройномъ гулѣ обрывковъ рѣчей, восклицаній и смѣха... У столовъ ресторана двойной потокъ этотъ распадался на двѣ отдѣльныхъ струи, въ правую и въ лѣвую стороны, дефилируя передъ сидящею публикой и давая дорогу встрѣчному людскому теченію, которое, въ свою очередь, дальше сливалось съ потокомъ въ средней аллеѣ. Здѣсь всѣ звуки многоголовой толпы, гомонъ рѣчей и шарканье ногъ по песку разомъ глушилъ оркестръ музыкантовъ на высокой эстрадѣ, скрытой подъ раскидистымъ навѣсомъ деревьевъ...

— Фу, сядемъ... Устала!

Съ этимъ восклицаніемъ изъ толпы отдѣлились двѣ женскихъ особы, которыя гуляли, сцѣпившись подъ ручку, и одна изъ нихъ, та, что казалась постарше, но съ рѣшительными и живыми манерами, устремилась къ ближайшей свободной скамейкѣ и поспѣшно на нее опустилась. Болѣе медлительная въ своихъ движеніяхъ спутница послѣдовала ея примѣру.

Это были Глафира и Вѣра.

Онѣ прервали прогулку на той четырехъ-угольной

площадкѣ, гдѣ пересѣкаются подъ прямымъ угломъ аллея отъ ресторана съ тою, что ведетъ прямо къ выходу на Англійскую набережную, оставляя вправо монументъ баснописца Крылова. Здѣсь кипѣлъ настоящій водоворотъ гуляющей публики, на который неподвижно смотрѣли старыя мраморныя статуи, вотъ уже больше ста лѣтъ цѣпенѣющія на своихъ пьедесталахъ. Все съ однимъ, застывшимъ навсегда выраженіемъ, равнодушнымъ къ дождю и палящему зною, созерцали онѣ эту веселую и живую толпу, какъ созерцали другія, безсчетныя толпы прежнихъ, давно ужъ ушедшихъ во мракъ поколѣній... Вотъ нагая фигура Помоны, съ застѣнчивой улыбкой, слѣдитъ за шевелящимся у ногъ ея калейдоскопомъ пестрыхъ новѣйшихъ костюмовъ, а тамъ сейчасъ-же черезъ дорогу насупротивъ тоже голый старикъ, подъ которымъ значится итальянская надпись: "Saturno", все собирается съѣсть находящагося у него въ объятіяхъ ребенка и какъ-бы желаетъ сказать: "А мнѣ наплевать!"

Наши знакомки сидѣли какъ разъ на скамейкѣ, ближайшей къ подножью Сатурна, далекія, конечно, отъ всякихъ философскихъ мыслей, въ томъ нервно-возбужденномъ состояніи духа, которое производитъ мельканье толпы въ соединеніи съ звуками музыки.

Глафира была одѣта по лѣтнему, нѣсколько пестровато и ярко, какъ она всегда одѣвалась, что сперва бросалось въ глаза, а потомъ заставляло замѣчать изъяны и дефекты, выдавая особу со скудными средствами, однако желающую дать болѣе выгодное о себѣ представленіе, а, главное — быть помоложе. Дешевенькая соломенная шляпа Глафиры, переживавшая уже третій сезонъ, была украшена цѣлымъ букетомъ пунцовыхъ искусственныхъ розъ, эффектно отдѣлявшихъ темнорусыя подвитыя кудряшки, съ обдуманной строго небрежностью спадавшія на лобъ дѣвицы. На рукахъ ея были лайковыя, блѣдно-сиреневаго цвѣта перчатки, сегодня утромъ тщательно вычищенныя мякишемъ булки и заштопанныя тамъ, гдѣ это потребовалось. Прикрывавшая до половины лицо вуалетка изъ бѣлаго прозрачнаго тюля придавала томность глазамъ, съ чуть-

чуть подчерненными, при помощи закопченной шпильки, бровями, выгодно оттѣняя сухощавыя щеки съ слегка наведеннымъ карминомъ румянцемъ... Такимъ образомъ, изъ всѣхъ силъ принаряженная, Глафира (да проститъ Господь ея слабость!) была твердо увѣрена, что взоры всѣхъ наличныхъ мужчинъ должны на ней останавливаться съ глубокой симпатіей...

Она была въ прекрасномъ расположеніи духа и, нервно поигрывая маленькимъ зонтикомъ, кокетливо украшеннымъ по краямъ разорванными кое-гдѣ кружевами, скользила глазами по костюмамъ и лицамъ движущейся мимо толпы, безпрестанно обращаясь къ сестрѣ по поводу чего-либо замѣченнаго.

— Смотри, вонъ тотъ старикъ, что у насъ покупаетъ... Глядитъ въ нашу сторону!

Затѣмъ прибавляла, проводивъ его взоромъ:

— Знать, не узналъ...

Немного погодя, она восклицала:

— Посмотри, посмотри, вонъ тамъ барыня!... Экая рожа! И одѣта точно молоденькая!

Вѣра смотрѣла, куда ей указывали, улыбалась своей лѣнивой улыбкой и, повидимому, глубоко наслаждалась и зрѣлищемъ этой толпы, и звуками музыки, и теплымъ воздухомъ безмятежнаго вечера... Въ своемъ старенькомъ, темно-сѣромъ бурнусѣ, скромной шляпкѣ и фильдекосовыхъ, кофейнаго цвѣта, перчаткахъ, она положительно тускнѣла, можно сказать, въ лучахъ своей нарядной сестры, которая недаромъ корила ее въ неумѣньи хорошо одѣваться... За то глаза ея оживленно искрились, на лицѣ совсѣмъ не было присущаго ему въ обыкновенное время выраженія тупой, самоуглубленной апатіи, а безпрестанно вспыхивавшій на ея блѣдныхъ щекахъ горячій румянецъ, при пристальныхъ взглядахъ мужчинъ, дѣлалъ ее очень хорошенькой, особенно благодаря тому обстоятельству, что она сама совершенно не подозрѣвала объ этомъ...

— Вѣра, взгляни... Вонъ видишь тамъ чернаго господина

въ очкахъ?..— толкнула ее локтемъ Глафира, но въ ту-же минуту круто оборвала свою рѣчь и не прибавила больше ни слова.

Взглянувъ по направленію взора сестры, молодая дѣвица не замѣтила въ толпѣ никакого господина въ очкахъ, но за то увидала высокаго бѣлокураго юношу, шедшаго подъ руку съ прыщеватымъ субъектомъ въ юнкерской формѣ, и тотчасъ-же въ немъ узнала Аркашу, съ его неизмѣнной камышевой тросточкой, въ той-же широкополой соломенной шляпѣ и свѣтломъ, пальто, очевидно вытерпѣвшихъ, со времени встрѣчи дѣвицъ съ застѣнчивымъ молодымъ человѣкомъ въ оградѣ Николы Морского, не одну непогоду, горячо разсуждавшаго о чемъ-то со своимъ компаньономъ, съ широкими жестами правой руки, въ которой была папироска... Случайно взглядъ его упалъ на скамейку, гдѣ сидѣли обѣ сестры, и Вѣрѣ показалось, что онъ тотчасъ-же вздрогнулъ, покраснѣлъ какъ піонъ и сдѣлалъ движеніе замѣшаться въ толпѣ...

Молодая дѣвица хотѣла ужъ выразить было Глафирѣ свое удивленіе, почему онъ не захотѣлъ съ ними раскланяться, какъ та быстро поднялась со скамейки и сказала рѣзкимъ, отрывистымъ голосомъ, который всегда у нея появлялся, когда она была въ раздраженіи:

— Пойдемъ!

Вѣра тотчасъ-же встала и, просунувъ руку подъ локоть, протянутый ей старшей сестрой, безпрекословно за нею послѣдовала.

Слившись опять съ теченіемъ толпы, которая становилась все гуще, и медленно подвигаясь впередъ, насколько позволяла возможность, дѣвицы, въ ногу, подъ ручку, прошли мимо оркестра, который какъ разъ въ эту минуту съигралъ какую-то пьесу, и за столиками трещали апплодисменты. Тамъ теперь все было набито биткомъ и лакеи съ усиліемъ продирались между сидящими группами.

Все повинуясь теченію, сестры повернули налѣво, къ чернѣвшейся между деревьями массѣ крыловскаго памятника, все такъ-же медленно, плетясь шагъ за шагомъ, и все время не обмѣнявшись другъ съ дружкой ни словомъ.

— Фу, это просто невыносимо! Экая давка!— издала, наконецъ, восклицаніе Глафира. Она, очевидно, теперь была ужъ не въ духѣ.

Взглянувъ въ боковую аллею, мимо которой влекла ихъ толпа, она сказала опять съ раздраженіемъ:

— Тамъ тоже биткомъ... Эка народищу!

Между тѣмъ онѣ достигли до новаго пересѣченія аллеи, гдѣ, по угламъ, переглядывались между собою "Іезавель" съ "Агриппиной". Здѣсь потокъ закруглялся. Глафира внезапно покинула руку сестры и, вынырнувъ на свободу, словно пловецъ, достигшій желаннаго берега, облегченно воскликнула:

— Ну, наконецъ, слава Богу!

Пройдя мимо статуй, другъ противъ дружки торчавшихъ у выхода (справа стояло "Правосудіе", простиравшее къ публикѣ сломанную правую руку, а слѣва — "Кротость", чертившая какую-то латинскую тарабарщину въ развернутой книгѣ) — сестры очутились въ той длинной и широкой крайней аллеѣ, откуда уже видно Марсово поле. Въ ней всегда бываетъ мало народу. Лишь кое-гдѣ, на скамейкѣ, можно замѣтить уединенную парочку.

Здѣсь было тихо. Солнце уже скрылось и сѣрый сумракъ густѣлъ подъ навѣсомъ деревьевъ.. Отъ времени до времени, желтый лапчатый листъ, порхая въ просвѣтѣ аллеи, какъ усталая бабочка, кружился и падалъ на землю. Какъ-бы объятые покорной, сосредоточенной грустью, безмолвные дубы и клены погружались въ дремоту.

Обѣ дѣвицы медленнымъ шагомъ подвигались впередъ. Глафира молчала, утративъ всю свою недавнюю живость и забывъ о сестрѣ, которая своей обычной, лѣнивой, нѣсколько въ раскачку походкой, шла съ ней бокъ-о-бокъ. Она тоже устала и, привыкнувъ къ быстрымъ переходамъ въ расположеніи духа Глафиры, съ своей стороны не обращала на нее никакого вниманія, ощущая только желаніе сѣсть и замедляя шаги каждый разъ, какъ имъ встрѣчалась по дорогѣ скамейка. Но старшая сестра продолжала идти упорно впередъ, и Вѣра покорно за нею тащилась.

Передъ ними открылся просвѣтъ съ видомъ на Марсово поле. Все по прежнему молча, Глафира повернула въ ту сторону и ея примѣру послѣдовала въ свою очередь Вѣра.

Это тотъ пунктъ на окраинѣ сада, гдѣ рѣшетка дѣлаетъ выступъ, образуя террасу надъ узкой канавкой, называемой Лебяжьимъ каналомъ, что тянется отъ самой Невы и вливается въ Мойку. Тутъ бѣлѣется группа изъ мрамора, изображающая обнаженнаго юношу, который лежитъ навзничь, разметавшись во снѣ, а надъ нимъ наклонилась, тоже нагая, женщина въ греческой діадемѣ и тихо, какъ-бы боясь разбудить, тянетъ съ него стыдливый покровъ, страстнымъ взоромъ впиваясь въ его наготу...

— Тьфу, мерзость какая!

Это восклицаніе издала Вѣра, неожиданно разомкнувъ вдругъ уста.

— Что? — вздрогнула всѣмъ тѣломъ Глафира.

Взоръ ея съ задумчивой пристальностью сосредоточился на мраморной группѣ и голосъ сестры очевидно испугалъ ее своею внезапностью.

— Какъ не стыдно эдакія ставить статуи! — пояснила молодая дѣвица, цѣломудренно потупляя глаза.

Старшая сестра ничего не отвѣтила, не разслышавъ или намѣренно не удостоивъ вниманіемъ этотъ протестъ оскорбленной стыдливости, обошла пьедесталъ и сѣла на стоявшую тутъ-же скамейку.

Впереди простиралась обширная и пустынная площадь Марсова поля, съ мелькающими по всѣмъ направленіямъ тамъ и сямъ пѣшеходами. Сѣро-лиловая дымка быстро надвигавшихся сумерекъ повисла уже въ воздухѣ, и дальнія высокія зданія стушевались въ одну сплошную темную массу. Налѣво, надъ шпилемъ Инженернаго замка, всплыла блѣдно-золотая луна. Здѣсь, ближе, направо, надъ равниной Невы еще было свѣтлѣе. Профили величавыхъ дворцовъ, стройной шеренгой тѣснящихся къ Большой Милліонной, а тамъ, за Невой, длинный шпицъ Петропавловской крѣпости ясно вырѣзывались на безоблачномъ небѣ, и изваяніе Суворова, въ видѣ античнаго воина, съ высоты своего постамента замахнувшагося грозно мечемъ на Троицкій мостъ, рѣзцо чернѣлось на площади, образующей широкій просвѣтъ среди линіи зданій Англійской набережной... Отдаленный грохотъ ѣзды экипажей гудѣлъ неумолчно, какъ приливъ разъяреннаго моря... Свистки пароходовъ раздавались по временамъ на Невѣ...

Обѣ дѣвицы сидѣли какъ каменныя. Вся поза младшей сестры выражала одно глубокое наслажденіе отдыхомъ и желаніе остаться такъ безконечно. Лицо Глафиры было спокойно и глаза, широко раскрытые, цѣпенѣли въ сосредоточенной думѣ.

Воспоминаніе о встрѣчѣ, назадъ тому полчаса, всколыхнувшей горькія мысли старой дѣвицы, теперь уже улеглось, какъ давно улеглось воспоминаніе о томъ эпизодѣ, что случился когда-то, въ бѣлую іюньскую ночь, кажущуюся теперь такимъ отдаленнымъ прошедшимъ, и по сіе время остался невѣдомой тайной для всѣхъ домочадцевъ, какъ такою-же тайной остались для нихъ тогдашнія страданія Глафиры. А она тогда, вѣдь, глубоко страдала! И никто изъ нихъ, вѣдь, не знаетъ, и никто изъ нихъ не способенъ понять, какимъ мучительнымъ чувствомъ стыда и неукротимѣйшей злобы загоралось все ея существо, при одномъ воспоминаніи случившагося! Слава Богу, этотъ ненавистный тихоня не появлялся ужъ больше въ ихъ лавочкѣ — канулъ какъ въ воду, но представленіе о его пьяной фигурѣ, о всей той безобразной компаніи, о подлецѣ-усачѣ, воспоминаніе о всѣхъ тогдашнихъ рѣчахъ (о, какъ все это врѣзалось въ памяти!) — еще долго-долго послѣ того живо, назойливо, подобно кошмару, тревожили воображеніе Глафиры въ тѣ ужасныя бѣлыя ночи, когда уже розовыя краски разсвѣта скользили по стѣнамъ квартиры, мать и сестра безмятежно храпѣли вокругъ, а она, изнывая въ безсонницѣ, металась въ своей горячей постели, ломая руки надъ годовою и разражаясь злыми слезами...

Все это прошло ужъ и кончилось. Остался лишь мутный осадокъ, тамъ, гдѣ-то, въ глубокихъ изгибахъ души, но онъ все

36

копится, копится — и разомъ вдругъ всколыхнется… И это часто случается. Какой нибудь вздоръ, ничтожное слово, намекъ — и Глафира чувствуетъ, какъ вся кровь ей бросилась въ голову, въ вискахъ застучало, и горячая, неукротимая злоба залила всю ея душу… Тогда она готова растерзать все на свѣтѣ, тогда она всѣхъ ненавидитъ — даже маменьку, Вѣру… да, да, ихъ даже больше, чѣмъ кого-бы то ни было она ненавидитъ… И такъ пріятно тогда ихъ обидѣть и заставить страдать… А потомъ ей стыдно и тяжело — Богу одному только извѣстно, какъ ей тяжело! И какъ тогда ей все мерзко, противно, и какъ себѣ самой она мерзка и противна, и какъ ей хочется тогда умереть!..

VI

Сумерки совсѣмъ уже сгустились. Очертанія и краски слились въ одну безразличную темень. Луна надъ шпилемъ Инженернаго замка поднялась еще выше и стала блѣднѣе. Музыка играла вдали что-то протяжно и грустно…

Погруженная въ думы и даже забывшая о присутствіи Вѣры, Глафира очнулась, и взглядъ ея ненарокомъ скользнулъ по фигурѣ рядомъ сидящей сестры. Вся облитая голубовато-серебристымъ сіяніемъ, та не шелохнулась, устремивъ глаза на луну…

— Вѣра! — окликнула ее тихо Глафира.

Молодая дѣвица медленно повернула лицо — неподвижное, блѣдное, съ кротко-мечтательнымъ взоромъ.

"А какая она добрая, тихая"… — мелькнуло вдругъ въ мысляхъ Глафиры, между тѣмъ какъ сестра, смотря на нее, молча и вопросительно ждала: — "и никогда, никогда она, вѣдь, не злится… Да, она лучше, она гораздо лучше меня!"

И Глафира въ ту-же минуту открыла, что она любитъ сестру, что она даже крѣпко любитъ ее, — и ощутила потребность тотчасъ-же это ей выразить.

— Ты не озябла?

— Нѣтъ... ничего... Вѣдь, тепло!

— Тебѣ хорошо?.. А?.. Вѣруша...

(Голосъ старшей сестры звучалъ нѣжно, почти даже растроганно).

Обычная лѣнивая усмѣшка скользнула по лицу младшей дѣвицы.

— Да... хорошо...

— Тебѣ не надоѣло сидѣть?

— Нѣтъ... А тебѣ надоѣло?

— Я тебя спрашиваю!.. Можетъ быть, хочешь еще погулять?

— Все равно... Какъ ты хочешь...

— Нѣтъ, какъ ты хочешь, отвѣть!.. Отчего никогда ты не скажешь, какъ самой тебѣ хочется?..

— Да ей-Богу-же, Глаша... право-же, мнѣ все равно!.. Пожалуй, пойдемъ...

— Ну, вотъ, и отлично, пойдемъ!

И подхвативъ подъ руку Вѣру, Глафира поднялась со скамейки.

— Мы развѣ не къ музыкѣ? — спросила молодая дѣвица, такъ какъ сестра устремилась опять въ боковую аллею.

— Это потомъ... Взгляни, какъ тутъ хорошо!

Глафира на минуту пріостановилась, осмотрѣлась по сторонамъ и глубоко вздохнула.

Тишина, нарушаемая только отдаленными звуками музыки, окружала обѣихъ сестеръ. Густой, таинственный мракъ ютился подъ вѣтвями деревьевъ, между тѣмъ какъ внизу, по дорогѣ, лежали серебристыя полосы луннаго свѣта, тамъ и сямъ задѣвая черный, корявый стволъ дерева или уголъ скамейки, а все остальное пространство было погружено въ почти совершенную темень... Смутно мелькали, на мицуту озаряясь въ лунныхъ лучахъ, силуэты рѣдкихъ прохожихъ... Гдѣ нибудь на скамейкѣ, во мракѣ, слышался шепотъ невидимой пары... Кое-гдѣ вспыхивалъ красною точкою огонёкъ папиросы... Звуки оркестра все тише и тише замирали вдали...

— А покурить-то я и забыла!— воскликнула внезапно Глафира.— Вотъ опять нужно сѣсть... Пойдемъ, я знаю вонъ тамъ отличное мѣсто!

И сестры двинулись дальше.

Скоро онѣ очутились на круглой площадкѣ, недалекой отъ пруда, который сквозь рѣшетку виднѣется съ улицы. Въ центрѣ ея стоитъ Антиной, а отъ него бѣгутъ во всѣ стороны, въ видѣ правильныхъ радіусовъ, нѣсколько узкихъ аллеекъ.

Здѣсь рѣдко встрѣчаются ищущія уединенія парочки, потому что для нихъ всегда существуетъ опасность подвергнуться нескромному взору прохожаго. Изрѣдка на которой нибудь изъ алеекъ промелькнетъ одинокій фланёръ, да медленнымъ, выжидающимъ шагомъ, пройдетъ, останавливая пристальный и многознаменательный взглядъ на каждомъ попадающемся на встрѣчу мужчинѣ, ярко одѣтая, съ размалеванными щеками, и тоже одинокая дѣва...

Сѣвъ на скамейку, Глафира достала длинненькую голубую коробочку изъ-подъ порошковъ, замѣнявшую ей порть-папиросъ, и закурила.

Лунный свѣтъ дробился въ переплетающихся сучьяхъ деревьевъ, разбрасывая, по всѣмъ направленіямъ яркія полосы. Весь озаренный луною стоялъ, поникнувъ головой, Антиной, какъ-бы испытывая глубокую тоску одиночества. Ни единая нота оркестра не долетала въ этотъ уголокъ Лѣтняго сада.

Вблизи, неподвижно, какъ ровное зеркало, сіяла въ лунныхъ лучахъ поверхность безмятежнаго пруда съ чернѣющимся на его берегу профилемъ массивной каменной урны, а тамъ, чуть подальше, уже гремѣла, стучала и двигалась улица...

И только тутъ, вотъ теперь, въ первый разъ, Глафира подумала о неизбѣжности возвращенія домой... Ея воображенію представились стѣны тѣсной квартиры, самоваръ на убогомъ столѣ, разогрѣтый съ приходомъ дѣвицъ, холодные остатки отъ обѣда жаркого, старая мать, которая безпрестанно позѣвываетъ и креститъ свой ротъ, потому что ей сильно хочется спать... Потомъ ночь, тишина, монотонный стукъ маятника... И когда во всей, квартирѣ раздастся храпѣніе, Глафира еще долго будетъ ворочаться въ своей жаркой постели, пока, вся измученная, наконецъ погрузится въ тревожный міръ грёзъ, гдѣ ей постоянно мерещатся разные черные бородатые люди, отъ которыхъ она все время спасается... А завтра она встанетъ опять разбитая, злая, и будетъ ко всѣмъ придираться... О, какъ она все это знаетъ отлично!

Ей вспомнилось вдругъ, что еще давеча, когда она съ сестрою покидала скамейку у Марсова поля, часы на башнѣ Петропавловской крѣпости пробили девять... Съ тѣхъ поръ прошло уже полчаса, если не больше... Какъ прогоняютъ назойливыхъ мухъ, Глафира смахнула съ себя всякія мысли о домѣ, вся охваченная жаднымъ желаніемъ насладиться послѣдними часами свободы, вскочила стремительно на ноги, швырнула на песокъ папиросу, растоптала ее и съ лихорадочнымъ оживленіемъ воскликнула:

— Ну, теперь къ музыкѣ!

Лихорадочное оживленіе это разросталось все пуще въ Глафирѣ, по мѣрѣ того, какъ обѣ сестры приближались къ главному центру. Опять мимо нихъ замелькали статуи, затѣмъ, чѣмъ дальше, тѣмъ больше пришлось замедлять и укорачивать шагъ, по мѣрѣ все увеличивающейся массы гуляющихъ, между тѣмъ какъ оркестръ становился слышнѣе. Все яснѣе, отчетливѣе, различались ухомъ мотивы — и вотъ звуки игривой и возбуждающей офенбаховской музыки встрѣтили нашихъ дѣвицъ. То былъ хоръ изъ I-го дѣйствія, въ то время еще не набившей оскомины, "Прекрасной Елены":

Всѣ мы жаждемъ любви.
Это наша святыня...

Вокругъ кипѣла цѣлая давка... Тутъ уже не шли, не гуляли, а толкали, жали, тѣснили другъ друга. Передніе валились на заднихъ, тѣ выпирали переднихъ, тискали локтями сосѣдей, давили имъ ноги... И въ то же самое время вся эта масса туго и медленно все подвигалась впередъ, все непрерывно, все неустанно, все въ томъ-же безсмысленномъ и монотонномъ круженіи...

Это была уже другая, не прежняя публика. Не встрѣчалось ни чинныхъ физіономій мамашъ, ни цѣломудренныхъ дѣвическихъ личекъ. За то было множество лицъ нахальныхъ мужскихъ и раскрашенныхъ женскихъ... Виднѣлось не мало и пьяныхъ. Тамъ и сямъ раздавались шумный, раскатистый хохотъ и безцеремонные возгласы. Слышались женскіе взвизги, а мѣстами и ругань... Слабо мерцавшій между деревьями свѣтъ фонарей придавалъ всей толпѣ что-то свирѣпо-вакхическое. Кое-гдѣ, подъ шумокъ, быстро и съ бацу, завязывались романы — самаго скоропостижнаго и реальнаго свойства...

> Неужли, о боги, васъ веселитъ,
> Кодь наша честь кувыркомъ... кувыркомъ...
> Полетитъ?

заливались кларнеты и флейты...

Вѣра чувствовала себя совершенно растерянной. Ее стиснули со всевозможныхъ сторонъ и, кромѣ того, какой-то сзади ее тѣснившій субъектъ дышалъ горячимъ дыханіемъ ей прямо въ затылокъ... Глафира зацѣпилась нечаянно одною изъ балаболокъ, украшавшихъ накидку, за пуговицу напиравшаго прямо на встрѣчу и сильно работавшаго локтями мужчины, вслѣдствіе чего костюмъ ея потерпѣлъ нѣкоторое небольшое разстройство, и она уже глубоко раскаявалась, что замѣшалась въ эту ужасную давку.

Толпа придвинула сестеръ къ ресторану, который свѣтился теперь своими огромными окнами, озаряя сидѣвшія за столиками на вольномъ воздухѣ группы.

— Ахъ, какъ было-бы отлично выпить здѣсь чаю! — прошептала Глафира, которая давно уже страдала отъ жажды.

Въ ту же минуту, какъ-бы на счастье дѣвицъ, изъ-за ближайшаго столика поднялись двое мужчинъ и стали расплачиваться.

— Живѣе!— радостно вскричала Глафира.

Крѣпко прижавъ къ себѣ локоть сестры и увлекая ее за собою, она энергично протискалась сквозь толпу на свободу. Занять вслѣдъ затѣмъ опустѣвшіе стулья было для рѣшительной дѣвицы дѣломъ одного лишь мгновенія.

Приказавъ неуспѣвшему еще исчезнуть лакею принести имъ по стакану чая со сливками, Глафира достала изъ портмонэ весь наличный свой фондъ — два пятіалтынныхъ, которые и вручила тутъ-же, немедленно, какъ только подано было потребованное. Затѣмъ она осмотрѣлась по сторонамъ.

Въ двойномъ освѣщеніи — блѣдной луны, уже высоко теперь стоявшей на небѣ, и яркихъ лучей отъ газовыхъ рожковъ ресторана, вся эта масса статскихъ котелковъ и цилиндровъ, военныхъ фуражекъ, свѣтлыхъ пальто и яркихъ женскихъ костюмовъ представляла пестрый и фантастическій видъ. Сидѣли во всѣхъ комбинаціяхъ: рядомъ, насупротивъ, бокомъ, спиною другъ къ другу — и все это пило, болтало, хохотало, стучало... Лакеи съ измученными и полоумными лицами метались по всѣмъ направленіямъ.

За столомъ, у котораго расположились наши дѣвицы, оказались онѣ не однѣ. Vis-à-vis сидѣла шикарная пара: молодой человѣкъ въ модномъ свѣтломъ костюмѣ, съ пенснэ на носу, и красивая молодая брюнетка въ залихватской шляпѣ съ багровымъ перомъ. Передъ ними стояла длинная, узкогорлая бутылка съ какимъ-то неизвѣстнымъ виномъ, а на тарелкѣ лежалъ виноградъ съ апельсинами. Глафира на это сосѣдство не обращала вниманія, вся отдавшись раздражающимъ впечатлѣніямъ отъ пестроты и безсвязнаго шума вокругъ, движущейся мимо толпы и нѣжно льющихся изъ-подъ навѣса деревьевъ (гдѣ теперь эффектно мерцали сквозь зелень зажженныя лампочки), звуковъ оркестра... Она чувствовала себя превосходно.

— Ай, уронила!— воскликнула обладательница залихватской шляпы съ багровымъ перомъ. Неизвѣстно, что именно она уронила: перчатку, платокъ, или, можетъ быть, кисточку винограда. Ея кавалеръ тотчасъ же нагнулся подъ столъ и что-то тамъ долго возился...

Въ противоположность сестрѣ, Вѣрѣ смертельно хотѣлось уйти изъ этого мѣста. Близкое сосѣдство незнакомыхъ людей всегда дѣйствовало на нее подавляющимъ образомъ. А главное, ее крайне смущала эта безстыжая, такъ развязно, у всѣхъ на виду, пьющая вино дама съ перомъ, не говоря уже про ея кавалера, который очевидно былъ на-веселѣ. Вѣра неоднократно встрѣтила устремленный ей прямо въ лицо дерзкій взглядъ молодого человѣка въ пенснэ, и разъ даже ей показалось, что онъ подмигнулъ своей дамѣ и что-то сказалъ ей вполголоса — конечно, на счетъ ея, Вѣры... Она убѣждена была въ этомъ.

Дождавшись, когда Глафира допила свой стаканъ, молодая дѣвица дернула ее за накидку и прошептала:

— Глаша, уйдемъ...

— Куда?— громко спросила сестра, быстро къ ней оборачиваясь.

— Куда нибудь... Только отсюда уйдемъ... Ради Бога!

"Вотъ глупости!" — хотѣла было произнести обычное свое восклицаніе Глафира, но сестра ея имѣла такой страдальчески-умоляющій видъ, что сердце старшей дѣвицы тотчасъ-же смягчилось и она съ покорнымъ вздохомъ сказала:

— Ну, пойдемъ, Богъ съ тобой!

И сестры поднялись съ своихъ мѣстъ.

— Знаешь, что, Вѣрочка?— воскликнула старшая, немного спустя, въ то время, какъ толпа влекла ихъ, удаляя отъ ресторана.— Пойдемъ на Неву! Оттуда тоже музыку слышно и тамъ теперь должно быть отлично... А потомъ опять въ Лѣтній и, по боковой аллеѣ — домой. Хорошо?

Минутъ черезъ десять онѣ были уже на Англійской набережнои.

Когда дѣвицы выходили за рѣшетку Лѣтняго сада, часы на башнѣ Петропавловской крѣпости били одиннадцать. Потомъ заиграли куранты и унылые звуки ихъ понеслись надъ тихой равниной Невы.

Да, здѣсь было теперь хорошо!

Вся залитая потокомъ волшебнаго луннаго свѣта, Нева

какъ-бы нѣжилась въ сладкой истомѣ, затихая въ дремотѣ подъ монотонные звуки курантовъ, и когда замерла ихъ послѣдняя нота, она совсѣмъ ужъ заснула, и зданіе крѣпости, съ своею словно несущейся къ небу золоченой иглою, тоже заснуло, въ очарованіи луннаго свѣта, и все, все заснуло вокругъ... Безшумно мелькнулъ въ серебристомъ столбѣ чуть шевелящейся зыби яликъ съ явственнымъ очеркомъ перевозчика и другой, на кормѣ сидящей фигуры, и, удаляясь, исчезъ будто призракъ... Гдѣ-то вдали пропыхтѣлъ пароходъ... Опять тишина... И въ Лѣтнемъ саду тоже тихо: должно быть, антрактъ... Но вотъ опять звуки оркестра, то замирающіе въ чуть слышномъ аккордѣ, то вдругъ какъ-бы вспыхивающіе громкими взрывами...

Сестры стояли, приникнувъ къ гранитному парапету, и не шевелились, какъ очарованныя. Вѣра спокойно, въ глубокомъ молчаніи, любовалась пейзажемъ и сердце ея, какъ всегда, билось нетопливымъ и ровнымъ біеніемъ. Глафира вся замерла въ созерцаніи, но грудь ея мятежно вздымалась и изъ нея по временамъ вырывался глубокій и продолжительный вздохъ...

Словно пестрая масса всѣхъ впечатлѣній, полученныхъ ею сегодня отъ раздражающей музыки, возбужденныхъ человѣческихъ лицъ и сладострастнаго сумрака глубокихъ аллей, повисшаго надъ нагими статуями, слилась въ одно неизъяснимое и могучее чувство, которое пѣло въ груди старой дѣвицы, и нудило, томило до боли, и какъ-бы ширило все ея существо, и вызывало на глаза ея слезы... Счастья, жгучаго, безумнаго счастья любви, съ бурными ласками, съ таинственной, неизвѣданной нѣгой грѣховныхъ объятій, жаждало изнывавшее въ страстной тоскѣ сердце Глафиры... О, оно есть, оно будетъ! Оно всюду, кругомъ, оно разлито во всемъ Божьемъ мірѣ — и неужели-же ей, только ей нѣтъ мѣста на праздникѣ жизни?!..

— Пойдемъ...— тихо проронила Глафира, съ усиліемъ воли вырываясь изъ міра своихъ сокровенныхъ мечтаній.

Какъ всегда послушная, Вѣра отошла отъ парапета, подошла къ старшей сестрѣ и взяла ее подъ руку.

Согласно намѣренію возвращаться домой черезъ садъ, онѣ собирались уже перейти на противоположную сторону, какъ вдругъ, совсѣмъ неожиданно, произошло одно обстоятельство.

— Крас-с-савицы... позв-вольте... в-васъ... пров-водить?..

И передъ обѣими сестрами возникли, точно съ неба свалились, двое какихъ-то господъ.

Одинъ, уже пожилой, былъ пьянъ до послѣднихъ предѣловъ возможнаго и еле стоялъ на ногахъ. Его поддерживалъ подъ руку другой, помоложе, очевидно болѣе трезвый. Они появились откуда-то сбоку и, вѣроятно, раньше шли сзади, направляясь изъ Лѣтняго сада.

Глафира оцѣпенѣла отъ неожиданности. Вѣра инстинктивно шарахнулась въ сторону.

— Мм... цып-почка... душка...— промямлилъ все тотъ-же болѣе пьяный субъектъ и рванулся отъ своего компаньона, простирая объятія къ младшей сестрѣ.

— Пойдемъ... Брось...— убѣждающимъ тономъ промолвилъ его болѣе трезвый и потому благоразумный товарищъ.

— П-пшолъ! Убирайся!— отмахнулся тотъ локтемъ.— Послушайте, р-розанчикъ...

— Да пойдемъ-же, тебѣ говорятъ!.. Экій дуракъ!

— Ас-ставь, говорю!!. Ц-цыпочка... Тю-тю-тю-тю...

Между тѣмъ Глафира, успѣвшая овладѣть ужъ собою, загородила сестру, храбро противопоставляя себя покушеніямъ пьянаго.

— Проваливайте своею дорогой! Нахалъ!— твердо, съ достоинствомъ, хотя все внутри ея клокотало, сказала Глафира.

Неукротимый субъектъ какъ-бы осѣкся и ошалѣлъ на минуту, потомъ вытаращилъ глаза на защитницу и выпалилъ ей:

— Р-рожа!.. Я развѣ къ тебѣ?.. Эк-кая рожа!.. С-старая вѣдьма!

— Городовой!— взвизгнула во весь голосъ Глафира.

— Пойдемъ-же, дьяволъ, тебѣ говорятъ!— старался увлечь

за собой безобразника его благоразумный и, очевидно, струхнувшій товарищъ.

— Х-харя святочная!.. Вѣдьма!— рвался теперь ужъ къ Глафирѣ пьяный субъектъ.

— Городовой!!!— кричала та въ изступленіи, топоча по тротуару ногами.

— Да ступай-же, скотина, чортъ тебя побери!!.— заоралъ, тоже въ бѣшенствѣ, благоразумный товарищъ и, изъ всѣхъ силъ сцѣпивъ за локоть пьянаго, стремительно поволокъ его отъ сестеръ.

Скоро фигуры обоихъ замелькали вдоль набережной, въ то время, какъ блюститель порядка, стоявшій на посту у часовни Лѣтняго сада, услышавъ крики о помощи, начальственнымъ шагомъ подходилъ уже къ нашимъ дѣвицамъ.

— Что здѣсь за шумъ?— задалъ онъ строго вопросъ. Глафира не отвѣчала. Она стояла, прижавшись къ парапету Невы, и, закрывъ руками лицо, рыдала въ истерикѣ... Вѣра, полумертвая, блѣдная, вся трепетала отъ страха...

VII

А въ это именно время, въ задней низенькой комнатѣ подвальнаго помѣщенія табачной, происходила бесѣда — самаго мирнаго и задушевнаго свойства.

Табачная была ужъ закрыта — и только изображенные на вывѣскахъ, по обѣимъ сторонамъ ея входа, пестрый турокъ, съ дымящейся трубкой, и черный какъ сажа арапъ, съ вытаращенными свирѣпо глазами и огромной сигарой, словно стояли на стражѣ покоя хозяевъ,— также какъ была ужъ закрыта помѣщавшаяся насупротивъ отъ нея парикмахерская, на окошкѣ которой, Богъ вѣсть съ какихъ давнихъ поръ, постоянно глазѣлъ на прохожихъ картонный бюстъ изумленнаго чѣмъ-то красавца-мужчины, въ парикѣ изъ густѣйшихъ волось, и стояла высокая банка съ водой, гдѣ извивалась цѣлая куча черныхъ и жирныхъ піявокъ, на удивленіе и страхъ невиннаго дѣтскаго возраста. Но въ мелочной лавочкѣ, рядомъ, еще виднѣлся огонь, да ярко свѣтились разноцвѣтные большіе шары, на двухъ окнахъ аптеки, находившейся въ первомъ этажѣ, почти бокъ-о-бокъ съ табачной, превращая на нѣсколько мгновеній въ хамелеона каждаго державшаго путь мимо этихъ шаровъ пѣшехода. Между тѣмъ уличная воскресная жизнь была еще въ полномъ разгарѣ. Въ трепещущихъ лучахъ фонарей сновали прохожіе, грохотали извощичьи дрожки, гудѣлъ въ раскрытыя настежъ окна трактира органъ и, гдѣ-то вдали, заливался серебристою трелью свистокъ полицейскаго...

Сюда, въ эту комнату, не достигалъ ни единый звукъ съ улицы и, благодаря позднему часу, происходившій въ ней разговоръ не могъ быть нарушенъ ничьимъ постороннимъ вмѣшательствомъ, что было важно, въ виду интимной серьезности его содержанія.

У старушки былъ гость — желанный и рѣдкій, судя но закускѣ изъ колбасы, селедки и жестянки сардинокъ, вмѣстѣ съ полуопорожненной бутылкою пива и полубутылкой напитка желтобураго цвѣта съ надписью на этикеткѣ: "Vin d'Oporto, très-vieux", поставленными передъ ея собесѣдникомъ, рядомъ съ давно потухшимъ уже самоваромъ, а главное — по напряженному вниманію, соединенному съ предупредительной и даже нѣсколько робкой почтительностью, въ обращеніи хозяйки. Кромѣ того, легко было замѣтить, что старушка взволнована этой бесѣдой, но взволнована — надо прибавить — необыкновенно пріятнымъ и неожиданнымъ образомъ... Свѣтъ лампы падалъ на большой и эффектный букетъ изъ георгиновъ и другихъ яркихъ цвѣтовъ, поставленный въ глиняный кувшинчикъ для молока и очевидно принесенный гостемъ въ презентъ.

Гость сидѣлъ въ креслѣ, спеціально придвинутомъ для пущаго его удобства отъ дивана къ столу, и, по всему выраженію снисходительной покровительственности, которыми были проникнуты каждое его слово и движеніе, принималъ отъ старушки всѣ адресуемые къ нему знаки вниманія, какъ нѣчто довлѣющее, потому что и самая фигура его, толстая, грузная, важная, съ внушительной и медлительной рѣчью, должна была проникать глубокимъ почтеніемъ каждаго, кто къ ней приближался.

Это была особа, уже солиднаго возраста, хотя притомъ и не старая — такъ, лѣтъ пятидесяти, или немного побольше — повидимому, занимающая, или, по крайней мѣрѣ, занимавшая прежде, важную должность, въ родѣ, напр., директора департамента или управляющаго какою-нибудь казенною административною частью — если даже не выше... Лицо его дышало отмѣннымъ достоинствомъ и притомъ благородствомъ. Оно было массивное, полное, съ пробритою ямочкою на подбородкѣ между густыми, посѣдѣвшими уже бакенбардами, въ видѣ двухъ треугольниковъ, спадавшихъ на грудь. Носъ былъ тоже массивный, длинный, прямой и въ общемъ напоминавшій слегка набалдашникъ. Величественное и крутое чело, съ замѣтной ужъ лысиной, по бокамъ украшалось парой остроконечныхъ височковъ, зачесанныхъ съ необыкновенною тщательностью по направленію къ переносью и на кончикахъ чуть-чуть закрученныхъ кверху въ колечки.

Всякій, кто когда-нибудь видѣлъ хотя бы только портретъ графа Х., помѣщенный во многихъ иллюстрированныхъ изданіяхъ нашихъ, вскорѣ послѣ того, какъ этотъ сановникъ оставилъ свой постъ, тотъ сейчасъ же узналъ бы и это крутое чело, и височки, и бакенбарды, такъ какъ они были самыми характерными чертами въ наружности извѣстнаго, теперь ужъ покойнаго, дѣятеля. Однако, это не былъ графъ Х., даже не братъ его (котораго никогда у него, впрочемъ, и не было), а только бывшій его крѣпостной, камердинеръ, по имени Мартынъ Матвѣичъ Телѣжниковъ, вотъ уже нѣсколько лѣтъ какъ оставившій службу у графа, — вскорѣ послѣ того, какъ имя его было замѣшано по дѣлу о пропажѣ какихъ-то фамильныхъ драгоцѣнныхъ вещей — и живущій теперь на покоѣ, своимъ капиталомъ...

На немъ былъ просторный и длинный черный сюртукъ, для удобства широко распахнутый и обнаруживавшій толстую золотую цѣпь отъ часовъ съ кучей всевозможныхъ брелоковъ, и бѣлый батистовый галстухъ, самой безукоризненной свѣжести.

Откинувшись всею фигурою въ кресло, Телѣжниковъ съ безмолвной задумчивостью тихо барабанилъ пухлою кистью руки по краю стола, причемъ на указательномъ пальцѣ его блестѣлъ массивный золотой солитеръ съ сердоликовой именною печаткой. Старушка сидѣла, облокотившись и прижавъ руку къ щекѣ, какъ бы желая своимъ умиленнымъ и пристальнымъ взглядомъ вскочить прямо въ глаза, устремленные гостемъ на стоявшую передъ нимъ рюмку съ желтобурымъ напиткомъ.

Наконецъ, тотъ нарушилъ молчаніе, медленно молвивъ бархатнымъ и пріятно сиповатымъ баскомъ, въ тактъ барабанящимъ пальцамъ:

— Такъ-съ, такъ-съ, такъ-съ... Такъ вотъ какія дѣла, почтеннѣйшая Авдотья Макаровна!

— Мартынъ Матвѣичъ! Пивца!— испуганно встрепенулась хозяйка, и, съ стремительнымъ движеніемъ тѣла схвативъ бутылку съ остатками пива, подобострастно подвинула ближе стоявшій передъ гостемъ стаканъ, въ который и вылила пиво, промолвивъ:

— Выкушайте. Не обезсудьте, гость дорогой!

— Да-съ, да-съ, да-съ...— все съ той же задумчивостью продолжалъ барабанить перстами по краю стола Мартынъ Матвѣичъ, благосклонно слѣдя, какъ хозяйка ему наливала стаканъ, и въ то же самое время какъ бы не придавая этому поступку ея никакого значенія.— Да-а-съ!.. Такъ вотъ, выходитъ оно, какія дѣла!..— Затѣмъ, помолчавъ, онъ прибавилъ, съ тяжелымъ и продолжительнымъ вздохомъ: — О-охъ-хо-хо! Боже мой, Боже мой! Всѣ мы помремъ, какъ подумаешь!..

Старушка сочла приличнымъ со своей стороны испустить тоже вздохъ и даже поморгать при этомъ глазами.

Разговоръ угасалъ, какъ это бываетъ, когда самое важное высказано и собесѣдники лишь про себя, такъ сказать, просмаковываютъ полученныя отъ него впечатлѣнія. Мартынъ Матвѣичъ всѣмъ своимъ видомъ показывалъ, что онъ понимаетъ отлично чувства, возбужденныя имъ въ своей собесѣдницѣ, и, какъ виновникъ, самодовольно упивался этимъ сознаніемъ.

— Итакъ, почтеннѣйшая Авдотья Макаровна, съ вашей стороны нѣтъ никакого препятствія?

Конечно, объ этомъ не могло быть и рѣчи, и Телѣжниковъ и представить не могъ себѣ другое, какъ то, что старушка чувствуетъ себя безмѣрно-счастливой и смотритъ на него, какъ на истиннаго своего благодѣтеля,— но ему хотѣлось еще разъ потѣшить себя.

И, дѣйствительно, въ ту же минуту Авдотья Макаровна всплеснула руками, воскликнувъ дрожащимъ отъ глубокаго волненія голосомъ:

— Господи! Мартынъ Матвѣичъ!.. Да я-то... Да я денно и нощно... Вѣдь это такое счастье, такое счастье!.. Я никогда даже не думала... Господи, Боже мой!!

Рѣчь старушки пресѣклась отъ переполнившихъ грудь ея чувствъ.

Благосклонная улыбка раздвинула въ разныя стороны бакенбарды Телѣжникова, но онъ тотчасъ же принялъ опять выраженіе достоинства, медленно выпрямилъ спину и осмотрѣлся по комнатѣ.

— А квартирка-то, надо полагать, сыровата...

— Охъ, сыра, Мартынъ Матвѣичъ, сыра!— вздохнула Авдотья Макаровна.

— Ну, да, вѣдь, это я такъ... Натурально, вамъ ее придется оставить... И табачную къ чорту! Много-ли даетъ ваша торговля?.. Сколько тысячъ въ ломбардъ отнесли? Признавайтесь... А?.. Хе-хе-хе!.. Признавайтесь, почтеннѣйшая!

— Торговля... Охъ-хо-хо!.. Сами видите, Мартынъ Матвѣичъ...— сокрушенно покачала головою старушка; — если бы только не бѣдность...

— Ну, да, натурально... Вѣдь, это я такъ... Конечно, и табачную къ дьяволу!.. А между прочимъ, я не неволю бросать... Если бы вы захотѣли, почтеннѣйшая, продолжать свое дѣло — я бы помогъ... Можно бы было помѣщеніе расширить, завести больше товару...

Старушка испуганно отмахнулась руками.

— Христосъ съ ней, Мартынъ Матвѣичъ, съ табачной! Совсѣмъ я съ нею измаялась!.. Десять, вѣдь, лѣтъ...

— Ну, натурально!.. Хотя, между прочимъ, я бы и самъ не желалъ, чтобы вы продолжали... не желалъ бы, признаться... Въ моемъ разсужденіи было, чтобы вы, такъ сказать, отдохнули... Не все же вамъ маяться!.. Такъ ли я говорю?

— Мартынъ Матвѣичъ! — воскликнула было опять Авдотья Макаровна, въ новомъ избыткѣ прихлынувшихъ чувствъ, но Телѣжниковъ пріостановилъ ее тотчасъ-же легкимъ мановеньемъ руки, такъ какъ имѣлъ въ виду продолжать свою рѣчь.

— Я говорю — отдохнуть... Это было въ моемъ разсужденіи... Затѣмъ, между прочимъ, на васъ будетъ хозяйство... Глафира Андреевна, я такъ понимаю, особа достойная, но возьмите хотя бы то во вниманіе, что ей, вдругъ, самой... на кухнѣ... промежъ, съ позволенья сказать, всякихъ тамъ разныхъ горшковъ... ругаться съ прислугой, съ позволенья сказать...— Тутъ Мартынъ Матвѣичъ съ презрительнымъ сожалѣніемъ дернулъ плечомъ и твердо закончилъ, неодобрительно тряхнувъ головой: — Нехорошо-съ! Неприлично-съ!

— Истинная ваша правда, Мартынъ Матвѣичъ! — вставила отъ себя и старушка.

— Да... Опять-же, я говорю — вы будете у меня по хозяйству... Самому мнѣ, натурально, куда-же?.. А безъ глаза — нельзя! Безъ глаза никакъ невозможно!.. Но, вѣдь, вы-то, почтеннѣйшая, надо полагать, меня соблюдете?..

— Мартынъ Матвѣичъ, позвольте! — проникновенной твердо перебила его Авдотья Макаровна; — сколько лѣтъ вы съ нами знакомы? Скажите?

— Лѣтъ двадцать ужъ будетъ!..

51

— Больше, Мартынъ Матвѣичъ!

— Ну, не знаю... Лѣтъ двадцать-то вѣрныхъ!

— Моего покойничка помните?

— Андрея-то?.. Какъ-же, еще бы!.. Пріятели были!

— Любилъ васъ покойничекъ...— покачала головою старушка и заморгала глазами.

— Помню, еще бы, какъ же не помнить Андрея!— повторилъ Мартынъ Матвѣичъ, повергаясь въ задумчивость.— Много воды утекло!

Собесѣдники не надолго примолкли и оба, съ застывшими взорами, погрузились въ воспоминанія минувшаго.

— Н-да-а, много воды утекло!— началъ опять Мартынъ Матвѣичъ; — я Глафиру Андреевну-то вотъ какой еще помню!

Онъ показалъ рукою на аршинъ разстоянія отъ пола.

— О-охъ-хти-хти, а вотъ она теперь ужъ дѣвица, невѣста...— задумчиво покачала годовою старушка.

— Ей, вѣдь теперь, лѣтъ двадцать восемь, кажется, будетъ?— освѣдомился Мартынъ Матвѣичъ.

— Двадцать шесть, Мартынъ Матвѣичъ!

— Ой, смотрите, и всѣхъ двадцать восемь, Авдотья Макаровна!— лукаво подмигнулъ Мартынъ Матвѣичъ.

— Да вотъ-же, божусь, двадцать шесть, Мартынъ Матвѣичъ!— горячо подтвердила старушка, быстро осѣняя себя широкимъ крестомъ.— Да вотъ я скажу вамъ сейчасъ... На Успеньевъ день, я еще помню отлично...

— Ну, это оставимъ,— съ достоинствомъ прекратилъ Мартынъ Матвѣичъ; — о годахъ прекословить не будемъ! Я и самъ, вѣдь, не мальчикъ, и для молоденькихъ, будемъ такъ говорить, мое время ушло... Съ тѣмъ я и велъ свою рѣчь, между прочимъ, если признаться... Я уважаю дѣвицу солидную, съ добрымъ понятіемъ, которая знаетъ сама, каково оно хлѣбъ достается... Такъ-то-съ, почтеннѣйшая!.. А знаете-ли, что мнѣ вотъ на дняхъ молоденькую дѣвушку сватали? Да-съ! Шестнадцати лѣтъ! Съ большимъ капиталомъ!

— Да что вы, Мартынъ Матвѣичъ!— всплеснула руками старушка; — цсс... Ну, и что-же, и что-же?

— Не захотѣлъ! Отказался!.. Къ чему? На кой лядъ для меня капиталъ, я васъ спрашиваю, когда и своего мнѣ достаточно?

— И большой капиталъ, Мартынъ Матвѣичъ?

— Мм... Собственно, капиталъ-то не въ деньгахъ... Въ заведеньяхъ... торговыхъ... Лабазъ у нея отъ отца... Ну, и вотъ сами вы посудите, къ чему мнѣ лабазъ? Что-же я самъ, что-ли, буду мукой торговать?.. Хе-хе-хе!.. Фартукъ надѣну да за прилавокъ самъ встану? А? Хе-хе-хе!

— Охъ!— вскрикнула Авдотья Макаровна, которой даже ужъ одно представленіе Мартына Матвѣича, въ фартукѣ и за прилавкомъ, показалось до того невѣроятно-комическимъ, что она затряслась вся отъ смѣха, замахала рукою и даже раскашлялась.

— Или что-же мнѣ, наконецъ, бороду себѣ отростить да въ мужицкую поддевку одѣться прикажете?... А? Хе-хе-хе!.. Въ смазныхъ сапогахъ?.. Хе-хе-хе!— шутилъ Мартынъ Матвѣичъ.

— Ой, не смѣшите, Мартынъ Матвѣичъ!.. Кха-кха-кха!

— Хе-хе-хе!

Дождавшись, когда веселость его собесѣдницы, наконецъ, унялась, Телѣжниковъ грузно, неторопливо поднялся, выпятилъ грудь и подошелъ къ Авдотьѣ Макаровнѣ, съ протянутой рукой для прощанья.

— Ну, а затѣмъ пора и честь знать...

— Какъ?! Ужъ уходите, гость дорогой?— съ испугомъ и огорченіемъ воскликнула Авдотья Макаровна, тоже вставая со стула; — а я думала, вы Глаши дождетесь... Онѣ теперь, вѣдь, ужъ скоро... И куда это, право, онѣ запропастились, негодныя!..

— Ничего, дѣло ихъ молодое... А только я васъ попрошу передать Глафирѣ Андреевнѣ все, о чемъ у насъ съ вами былъ сегодня сюжетъ, я ужъ буду въ надеждѣ... "Мартынъ Матвѣичъ, дескать, всегда о васъ помнилъ, и зналъ, уважалъ"... Ну, да, словомъ... натурально... вы это имъ сами хорошенечко выразите... А денька черезъ три я буду у васъ за отвѣтомъ... Затѣмъ, между прочимъ, имѣю честь кланяться...

— Мартынъ Матвѣичъ, да вы пивца-то хоть выкушайте! На дорожку! Остаточки!— умоляла Авдотья Макаровна.

— Не могу-съ!— возразилъ непреклонно Телѣжниковъ, и пояснилъ, похлопавъ рукою по объемистому своему полушарію: — гастрическое разстройство желудка...

— Ну, хоть винца-то, Мартынъ Матвѣичъ!.. Одну только рюмочку! Посошокъ! Одну, только одну! На дорожку!— съ отчаяніемъ восклицала старушка, простирая къ нему рюмку съ желто-бурымъ напиткомъ.

Смягчившійся Мартынъ Матвѣичъ принялъ изъ рукъ ея рюмку и сперва попробовалъ было выпить ее постепенно, небольшими глоточками, но тотчасъ-же разсудилъ осушить сразу, до дна, какъ пьютъ только водку, послѣ чего скривился и крякнулъ...

— Ну, а теперь ужъ увольте, почтеннѣйшая!— категорически и даже сурово, отрѣзалъ Мартынъ Матвѣичъ и поклонился хозяйкѣ...— Да, вотъ еще что, между прочимъ!— вдругъ спохватился Телѣжниковъ, конфиденціально наклоняясь къ уху старушки:— "Этотъ букетъ, дескать, вамъ... повергаетъ къ стопамъ, дескать, и отъ чистаго сердца... И очень, дескать, сожалѣлъ, что не могъ поднести самолично..."

— А ужъ и чудный букетъ, Мартынъ Матвѣичъ! Небось, дорого дали?

— Хм... ну, это что... Садовникъ знакомый есть у меня на Крестовскомъ... Мигнулъ — и готово!.. Ну, теперь, кажется, все?.. Гдѣ моя шляпа?— озирался по комнатѣ гость.

— Вотъ ваша шляпа, Мартынъ Матвѣичъ!— протянула ему свѣтло-сѣрую пуховую шляпу Авдотья Макаровна, потомъ предупредительно схватила пальто, висѣвшее на ручкѣ дивана, помогла Телѣжникову надѣть его въ рукава и, въ концѣ концовъ, подала ему толстую трость съ костянымъ набалдашникомъ.

Когда Мартынъ Матвѣичъ былъ готовъ ужъ совсѣмъ, чтобы тронуться въ путь, старушка бросилась было въ помѣщеніе лавочки, съ намѣреніемъ отомкнуть такъ называемую парадную дверь, но Телѣжниковъ любезно устранилъ эту услугу.

— Напрасно-съ, напрасно-съ, не затрудняйтесь,—

запротестовалъ онъ, мягкимъ движеніемъ руки ее успокоивая; — я пройду и здѣсь, черезъ кухню...

Уже прикурнувшая было, по позднему времени, на своемъ ложѣ Лукерья, при появленіи въ кухнѣ Телѣжникова, стремительно вскинулась, дико таращя глаза, потомъ, опомнившись, бросилась, шатаясь и суясь, какъ угорѣлая, отворять ему дверь, въ то время, какъ Авдотья Макаровна, волнуясь не меньше кухарки, освѣщала дорогу Мартыну Матвѣичу, грузная фигура котораго, шаркая мягкими, безъ каблуковъ, сапогами (какіе носилъ въ свои послѣдніе годы графъ Х.), благополучно пролѣзла въ дверь изъ сѣней и скрылась за поворотомъ.

— Барышень-то нѣтъ еще, што-ль? — освѣдомилась Лукерья, протирая кулаками глаза; — самоваръ разогрѣть, небось, надо,

— А? — переспросила Авдотья Макаровна, смотря какъ-бы во снѣ на кухарку и не понимая вопроса; — нѣтъ... тьфу, то есть, да! — наконецъ сообразила она; — разогрѣть, разогрѣть надо, Лукерьюшка... Непремѣнно разогрѣть надо, голубушка!..

Все такъ-же, словно во снѣ, старушка вышла изъ кухни, вступила въ столовую, совсѣмъ машинально, дѣйствуя лишь по инстинкту привычныхъ движеній, сняла со стола пріобрѣтенную исключительно лишь для рѣдкаго гостя полубутылку съ виномъ, которую тотчасъ-же крѣпко-на-крѣпко снова закупорила, постукавъ даже для этого пробкою въ стѣну, и спрятала бережно въ шкафчикъ драгоцѣнный напитокъ. Затѣмъ, вернувшись обратно къ столу, она опустилась медленно въ кресло, въ которомъ только что сидѣлъ Мартынъ Матвѣичъ, и вся какъ-бы застыла въ немъ, съ широко раскрытыми и неподвижно уставленными въ одну точку глазами, тогда какъ лицо ея тоже застыло — въ какомъ-то сосредоточенномъ, тихомъ и усталомъ блаженствѣ...

Да, дѣйствительно, она испытывала теперь утомленіе и потребность глубокаго отдыха отъ перенесеннаго только что потрясенія, въ которое ее привела бесѣда съ Мартыномъ Матвѣичемъ... Все время старушка была какъ въ чаду, а теперь приходила въ себя и собиралась съ мыслями.

Чего никогда не допускала она въ минуты своихъ самыхъ смѣлыхъ мечтаній,— вдругъ, неожиданно, словно съ неба свалилось! И хоть-бы разъ когда нибудь ей подумалось, что это возможно... Нѣтъ, никогда не вспадало и въ голову!.. Мартынъ Матвѣичъ, старинный знакомый, пріятель ея покойнаго мужа, человѣкъ пожилой и солидный, вдругъ затѣялъ жениться — это одно было уже поразительно! Личность Мартына Матвѣича, съ его важной фигурой, медлительной рѣчью, по мѣрѣ того, какъ онъ становился старѣе и все рѣже и рѣже дѣлалъ визиты въ бѣдную квартирку старой вдовы, все глубже и глубже проникала Авдотью Макаровну чувствомъ безграничной почтительности, доходившей чуть не до трепета, испытываемой ею въ присутствіи желаннаго гостя. Мартынъ Матвѣичъ — независимый, одинокій богачъ (въ ломбардѣ, чу, у него лежало — шутка-ли,— цѣлыхъ двадцать тысячъ рублей!) былъ въ состояніи, какъ говорится, купить и выкупить, во всякое время, Авдотью Макаровну со всѣми ея потрохами — стоило только ему захотѣть — а между тѣмъ онъ всегда былъ къ ней добръ и любезенъ, ничуть передъ ней не гордился, даже не брезгалъ ея хлѣбомъ-солью — и этого одного уже было достаточно, и это одно уже обязывало приниженную нуждою вдову къ чувствамъ глубокой преданности и благодарности къ Мартыну Матвѣичу... И вдругъ, онъ, этотъ самый Мартынъ Матвѣичъ, вдругъ такъ, совсѣмъ просто, объявляетъ сегодня, что имѣетъ желаніе жениться на старшей дочкѣ, Глафирѣ — совсѣмъ нищей, чуть что не голой, даже (что ужъ грѣха таить!) немолодой, некрасивой — и таково деликатно и благородно дѣлаетъ свое предложеніе: и букетъ "повергаетъ къ стопамъ", и "очень жалѣетъ, что не можетъ самъ лично"... Это онъ-то, Мартынъ-то Матвѣичъ! И за что ей сегодня такое счастье свалилось?!.. Богъ! Вотъ Онъ, Богъ, пославшій награду за долгіе годы нужды и терпѣнія! Никто, какъ Онъ, Батюшка милостивый!!..

Въ глубокомъ умиленіи сердца, старушка сцѣпила молитвенно руки, устремивъ на кіоту глаза, увлаженные слезами горячей благодарности къ Промыслу...

И вотъ онъ, вотъ онъ, конецъ ея маятѣ, и всей этой собачьей, изнурительной жизни, наполненной вѣчной заботой о грошѣ, мыслями о томъ, какъ заткнуть ту или другую дыру — и отдыхъ, наконецъ, сладкій отдыхъ ея усталой спинѣ, ея старымъ, изможденнымъ костямъ!..

VIII

Въ дверяхъ послышался шумъ. Дверь отворилась и въ комнатѣ появились вернувшіяся съ прогулки дѣвицы.

Глафира, какъ была, въ накидкѣ и шляпкѣ, быстро прошла прямо въ спальню, куда послѣдовала за нею и Вѣра.

Пока сестры, въ молчаніи, тамъ раздѣвались, Лукерья внесла и поставила на столъ разогрѣтый вновь самоваръ, а старушка занялась приготовленіемъ чая.

— Это откуда букетъ? — спросила Глафира, въ одной юбкѣ и кофтѣ, садясь на свое обычное мѣсто за столъ и придвигая къ себѣ налитую чашку.

— Отъ Мартына Матвѣича... Былъ и долго сидѣлъ у насъ... Букетъ принесъ для тебя... Очень жалѣлъ, что не могъ передать самолично... "Повергаю къ стопамъ", говоритъ... "Я, говоритъ, всегда почиталъ Глафиру Андреевну, такъ, молъ, и передайте ей отъ меня"... — взволнованно отрапортовала старушка.

— Окажите, какъ трогательно! Съ чего это онъ вдругъ расщедрился? Передъ смертью, должно быть? — произнесла старшая дочь, отпивая чай съ блюдца.

Ни удивленья, ни даже простого, на худой ужъ конецъ, любопытства не замѣчалось въ Глафириномъ голосѣ. Насмѣшливое свое замѣчаніе произнесла она самымъ равнодушнѣйшимъ тономъ, даже не поднявъ глазъ на мать.

— Ахъ, Глаша, какая ты, право! — вспыхнула Авдотья Макаровна. — Да знаешь-ли ты, зачѣмъ онъ былъ-то у насъ?... Да знаешь-ли ты, что я скажу-то тебѣ?.. Глаша!.. Ты себѣ и представить не можешь!.. — Голосъ старушки задрожалъ отъ волненія. Она даже вскочила со стула и продолжала, вся колыхаясь, не въ силахъ уже будучи долѣе сдерживаться: Онъ, вѣдь, руки твоей проситъ!..

— Что-о?— протянула Глафира, ставя чашку на блюдце, и только теперь, въ первый разъ, поднимая глаза на Авдотью Макаровну.

— Руки, говорю, твоей проситъ!.. Женится!.. Онъ!!.. Мартынъ Матвѣичъ!!!..

— Кто-о? Онъ? Мартынъ Матвѣичъ?— переспросила Глафира.

— Онъ, онъ, Мартынъ Матвѣичъ!

Не спускавшая глазъ съ лица старшей дочери, Авдотья Макаровна въ эту минуту замѣтила, что безучастный взоръ ея оживился, а блѣдныя щеки покрылись румянцемъ...

— Ахъ, онъ, старый дуракъ!

Этого ужъ совсѣмъ не ожидала старушка. Даже руки у нея опустились...

Если-бы Авдотья Макаровна была поспокойнѣе и обратила вниманіе на наружность Глафиры, когда та садилась за столъ, то замѣтила-бы глубокую и зловѣщую молчаливость своей старшей дочери, ея мрачно-сосредоточенный взоръ и нервное подергиваніе ея личныхъ мускуловъ — словомъ, всѣ признаки, хорошо знакомые Авдотьѣ Макаровнѣ и краснорѣчиво указывавшіе, что она чѣмъ-то сильно разстроена, что съ нею недавно произошло что-то такое, отъ чего она еще не успѣла оправиться, а потому лучше-бы было оставить ее на время въ покоѣ. Это даже могъ подтвердить-бы и видъ младшей дѣвицы, которая глядѣла уныло, растерянно и словно еще только недавно осушила глаза... Если-бы, въ свое время, все это успѣла наблюсти Авдотья Макаровна, она, можетъ статься, отложила-бы разговоръ о Мартынѣ Матвѣичѣ до болѣе удобнаго случая... Впрочемъ, нѣтъ, это едва-ли! Почему, на какихъ основаніяхъ, она стала-бы откладывать, хотя-бы только до завтра, такую важную, такую глубоко-интересную новость, сулившую переворотъ всей жизни старушки и ея дочерей, что передъ нею несомнѣнно должны были померкнуть всякіе постороннія соображенія и факты?!

Поэтому, можно судить, какъ ошеломлена была Авдотья Макаровна презрительнымъ восклицаніемъ Глафиры. Она совсѣмъ обомлѣла и только нашлась переспросить машинально:

— Это кто-же?... Это Мартынъ-то Матвѣичъ — старый дуракъ?..

— Ну, да, вашъ Мартынъ Матвѣичъ! — подтвердила Глафира.

— Глаша... Я... я... право... Это ты какже?.. Я понять не могу...

— Да тутъ и понимать совсѣмъ нечего. Старый дуракъ — и конецъ! Знать, бѣлены онъ объѣлся, или пьянъ, вѣрно, былъ?.. Ослина!

— Глаша, Глаша! — въ ужасѣ всплеснула руками Авдотья Макаровна, не вѣря ушамъ своимъ.

— Ну, что: "Глаша, Глаша!" передразнила Глафира; — я, право, удивляюсь вамъ, маменька! Неужели вы думали, что я такъ вотъ и запрыгаю сейчасъ-же отъ радости?..

— Да ты, Глаша, опомнись... Христосъ надъ тобой!.. Это ты Мартынъ Матвѣича-то такъ обзываешь?.. Вспомни, онъ, вѣдь, покойнику-отцу твоему пріятелемъ былъ!.. Человѣкъ почтенный и уважаемый, а ты эдакъ, вдругъ...

— Ужасно почтенный! Лакей! — оборвала рѣзко Глафира. — Очень жаль, что у папеньки были такіе пріятели!

Авдотья Макаровна снова всплеснула руками и въ изумленіи даже попятилась.

— Это онъ-то, Мартынъ-то Матвѣичъ — лакей?!.. Да онъ самъ держитъ прислугу... У него двадцать тысячъ въ ломбардѣ лежатъ!

— Воръ!.. Накралъ у своего бывшаго графа, а теперь вотъ и важничаетъ... Старый мошенникъ! — добивала старушку Глафира.

Авдотья Макаровна была совсѣмъ уничтожена. Не промолвивъ больше ни слова, она отошла за свой самоваръ, опустилась тихонько на стулъ и сидѣла долго не шевелясь и не спуская съ близко стоявшей къ ней сахарницы своего неподвижнаго и убитаго взора...

Разомъ, въ одно мгновеніе ока, разрушился свѣтлый мірокъ довольства и счастія, который она уже успѣла создать въ своихъ мысляхъ, укрѣпить его и взлелѣять... Ни на одну минуту она не подумала, что вопросъ, на ея собственный взглядъ казавшійся такимъ простымъ и почти что уже безповоротно рѣшеннымъ, въ сущности обсужденъ пока только ею одною, что онъ еще требуетъ своего обсужденія и отъ другой стороны, заинтересованной тоже, даже нисколько не меньше, но въ смыслѣ совершенно обратномъ, что это рѣшеніе, все, цѣликомъ, зиждется исключительно лишь на согласіи той, другой стороны, и вотъ только теперь, въ первый разъ, она это увидѣла... Да и какъ-бы успѣла она раньше объ этомъ подумать, когда это все произошло такъ быстро и неожиданно, такъ закружило ея слабую, старую голову? Тѣмъ больнѣе и горше было убѣдиться старушкѣ въ такомъ жестокомъ и быстромъ крушеніи своихъ свѣтлыхъ надеждъ — и это не могло ею не выразиться.

— А я-то, глупая, радовалась...— тихо, какъ бы только къ себѣ самой обращаясь, сказала Авдотья Макаровна, покачивая уныло своей сѣдой головой въ старушечьемъ чепчикѣ; — вотъ, думала, Господь и на насъ оглянулся... послалъ человѣка... Вотъ отдохну, наконецъ, думала, грѣшница...

— Ну, а про меня-то вы подумали, маменька?— спросила Глафира, нервно отодвигая отъ себя опорожненную чайную чашку.

Старушка молчала, не подымая глазъ на старшую дочь и все кивала своей головою, какъ бы отвѣчая собственнымъ горькимъ мыслямъ.

— Ха-ха-ха!— злымъ и саркастическимъ смѣхомъ разразилась Глафира.— Ну, конечно, гдѣ вамъ было подумать!.. "Богачъ, двадцать тысячъ"... Ха-ха! Ну, и довольно, чего же еще? А какъ Глашѣ съ нимъ жить — наплевать! Благо, богатъ, денегъ дастъ, и сама отдохну (вѣдь сами же вы такъ сказали!) а что онъ чуть не въ дѣдушки Глашѣ годится — экая важность, не мнѣ, вѣдь, съ нимъ жить, это ужъ Глашино дѣло, пусть ужъ Глаша раздѣлывается, а моя изба съ краю... Ха-ха!— язвила Глафира.

— Гдѣ-же, гдѣ-же онъ въ дѣдушки?.. Глаша, Глаша, подумай!.. И всего-то за пятьдесятъ Мартыну Матвѣичу, да и то на лицо ему меньше... Да, вѣдь, если такъ-то судить, то и ты сама... если признаться... уже не молоденькая...

При этомъ послѣднемъ, совсѣмъ уже неосторожномъ словѣ старушки, Глафира вздрогнула всѣмъ своимъ существомъ, словно къ ней прикоснулись каленымъ желѣзомъ...

— А-а!.. Такъ вотъ оно что... Вотъ, наконецъ, чѣмъ вы меня упрекнули...— неожиданно тихимъ и медленнымъ голосомъ, почти даже шопотомъ, протянула Глафира; затѣмъ, тоже медленно, поднялась со стула, ровной, неторопливой походкой, обошла вокругъ стола и остановилась въ двухъ шагахъ отъ Авдотьи Макаровны. Она была совсѣмъ бѣлая, а губы у нея посинѣли и конвульсивно подергивались...— Ну, и хорошо, и отлично, что вы это сказали... Такъ мы ужъ и будемъ знать... Только къ чему вы стѣсняетесь?.. Вамъ бы ужъ проще... Чего церемониться... "Рожа"... "старая вѣдьма"... Вотъ какъ бы вамъ слѣдовало!.. Что я такое? Конечно, рожа и старая вѣдьма!— все такъ же тихо, спокойно, глумилась надъ собою Глафира — но въ этомъ-то именно, какъ будто, спокойствіи старшей дѣвицы и было самое страшное...

Авдотья Макаровна сама вдругъ вся побѣлѣла и откинулась всѣмъ тѣломъ на стулъ, не сводя съ Глафиры испуганныхъ глазъ... Даже апатичная Вѣра, при послѣднихъ словахъ: "рожа" и "старая вѣдьма", въ ту же секунду напомнившихъ ей недавнюю сцену на Англійской набережной, послѣ прогулки у музыки, быстро подняла голову и со страхомъ уставилась въ лицо своей старшей сестры...

— Старая рожа — что съ ней церемониться?.. Спихнуть замужъ — и кончено! Она, вѣдь, должна еще радоваться, что добрый человѣкъ отыскался... Не побрезговалъ — и за то слава Богу!.. Не правда-ли, маменька? А я вотъ, изволите видѣть, какая неблагодарная тварь!

— Глаша, Глаша...— простонала Авдотья Макаровна, въ отчаяніи заломивъ свои руки...

— Нѣтъ, погодите... Я все скажу, наконецъ! — продолжала Глафира. Послѣднія слова она уже выкрикнула, не въ силахъ выдерживать долѣе своего напускного спокойствія, — и все, что въ ней до сихъ поръ клокотало, хлынуло вдругъ со стремительностью прорвавшей плотину рѣки, — Теперь-то я вамъ все скажу, наконецъ!.. Вы говорите, что я старая дѣвка... Я знаю! Я старая, старая, да!.. А кто виноватъ? Кто виноватъ, что я до сихъ поръ живу здѣсь, какъ въ гробу, Божьяго свѣта не вижу, что я, можетъ быть, руки на себя наложу, на шею первому встрѣчному брошусь?!. Да говорите-же, говорите-же вы, наконецъ!

— Господи, Глаша... Опомнись! — всплеснула руками старушка, даже вся перегибаясь отъ страха.

Но тотчасъ-же, при первомъ-же словѣ ея, Глафира, топнувъ ногой, закричала: — "Молчите!" — и понеслась снова впередъ, все быстрѣе, стремительнѣе, словно ринувшись съ высокой горы.

— Да, вы, вы, вы! Вы виноваты, вы виноваты, вы виноваты!!.. Гдѣ ваши заботы? Подумали-ли вы хоть бы разъ, что невозможно жить безъ людей, что никто не придетъ и съ бацу не женится? Позаботились-ли, чтобы къ намъ ходилъ хоть одинъ человѣкъ?.. Какже, еще бы! Когда вамъ объ этомъ подумать! У васъ только Богъ на умѣ да лампадки, а людей — на кой чортъ? Довольно и тѣхъ старыхъ уродовъ, которые шляются къ намъ, благо съ ними пріятно бобы разводить... Вы меня научили чему-нибудь? Вотъ еще, съ какой стати, зачѣмъ? Вѣрѣ вотъ ученіе нужно! Ее въ пансіонъ, она молодая, хорошенькая, а этой къ чему? Все равно, ей вѣдь быть старой дѣвкой, такъ ужъ и на роду ей написано, такъ чего-жъ хлопотать?.. Вотъ, вотъ, что я отъ васъ получила!.. Спасибо, большое спасибо вамъ, милая, добрая маменька!..

— Глафира... безсовѣстная... — прошептала старушка, закрывая руками лицо, и заплакала горько.

— Какъ не стыдно тебѣ! — громко воскликнула Вѣра, до сихъ поръ не издавшая ни единаго звука, и на лицѣ ея вспыхнулъ горячій румянецъ.

— А ты еще чего тутъ суешься?— свирѣпо къ ней обернулась Глафира. — Знай, ужъ сиди себѣ, мямля!

Молодая дѣвица встала со стула и, не прибавивъ больше ни слова, бросивъ только негодующій взглядъ на сестру, вышла изъ комнаты. Однако, и этотъ протестъ всегда тихой и безмолвной дѣвицы, и зрѣлище плачущей матери были безсильны остановить монологи Глафиры, словно то, что мятежно бурлило въ душѣ ея, должно было выкипѣть все, до конца.

— Ну, а теперь, добрая маменька, за жениха вамъ спасибо! Чудесный! Прекрасный! Ха-ха! Лакей, котораго за воровство въ три шеи прогнали! Отчего бы вамъ было не подыскать уже мнѣ арестанта? Что же, чѣмъ для меня не женихъ? Тоже букетъ бы принесъ, такъ же чувствительно! А неправда-ль, отличный букетъ?..

Глафира подскочила къ столу, выхватила букетъ изъ кувшинчика и, въ какомъ-то упоеніи бѣшенства, принялась терзать его, приговаривая:

— Вотъ тебѣ, вотъ тебѣ, Мартынкинъ букетъ! Вотъ тебѣ! Ха-ха-ха-ха! Хорошъ Мартынкинъ букетъ?

И растерзанный, измятый букетъ полетѣлъ и разсыпался по полу...

— Ишь ты, поди-жъ ты! Это съ квѣтками-то такъ?— простосердечно изумилась Лукерья, вошедшая было, какъ разъ въ эту минуту, чтобы взять самоваръ, и сожалительно покивавъ на разсыпанныя у ногъ ея яркія головки цвѣтовъ и зеленые листья, нагнулась, чтобы ихъ подобрать, съ глубокимъ вздохомъ прибавивъ: — Вотъ тебѣ и пукетъ!.. Вотъ тебѣ и квѣтки!..

— Прочь! Ты чего еще лѣзешь, дура проклятая?— топнула на кухарку Глафира.— Брось! Брось сейчасъ-же, мерзавка, тебѣ говорятъ!

Лукерья попятилась къ двери, испуганно, во всѣ глаза смотря на дѣвицу и лишь шепча про себя:

— Батюшки! Никакъ совсѣмъ ужъ рехнулась!

Съ послѣднимъ бѣшенымъ взрывомъ, Глафира какъ-

63

будто вдругъ ослабѣла. Молча, съ понуренной внизъ головой, стояла она, не шевелясь, какъ прикованная. Затѣмъ она медленно прошлась взадъ и впередъ, не глядя на поникшую скорбно на стулѣ Авдотью Макаровну и прижавъ руку къ груди, къ тому самому мѣсту, гдѣ колотилось ея мятежное, неукротимое сердце, постояла немного, глядя въ окно на озаренную сіяніемъ мѣсяца противоположную стѣну двора и, все по прежнему молча, не взглянувъ ни разу на мать, вышла изъ комнаты.

Вѣра, при свѣтѣ стоявшей на стулѣ свѣчи, лежала въ постели раздѣтая, держа въ обѣихъ рукахъ предъ собою развернутую книгу романа Евгенія Сю "Семь смертныхъ грѣховъ". При входѣ сестры, она не повернула въ ней головы, какъ-бы глубоко погруженная въ интересное чтеніе, тогда какъ глаза ея были неподвижно прикованы къ одному и тому-же мѣсту страницы и врядъ-ли что нибудь на ней различали...

— Да когда ты мнѣ дашь покой, наконецъ, съ своимъ чтеніемъ?! Это просто житья уже нѣтъ!— воскликнула злобно Глафира, быстро задула свѣчу, и, нетерпѣливо срывая съ себя несложныя принадлежности своего туалета, улеглась въ темнотѣ и затихла...

Это была ея послѣдняя вспышка. Больше уже она не заявила о себѣ ни движеньемъ, ни звукомъ.

Полная тишина настала теперь въ квартирѣ табачницы и двухъ ея дочекъ. И время текло, и ни единый звукъ, кромѣ равномѣрнаго стуканья маятника, не нарушалъ тишины, хотя никто въ домѣ не спалъ.

Глафира лежала на спинѣ, не шелохнувшись, и открытыми, злыми глазами смотрѣла во мракъ. Вѣра, по обыкновенной привычкѣ своей, закуталась совсѣмъ, съ головою, и проливала беззвучныя слезы. А рядомъ, сейчасъ, за стѣною, при свѣтѣ мерцавшей безтрепетно лампы, Авдотья Макаровна все сидѣла по прежнему, все на одномъ и томъ же мѣстѣ, на стулѣ, поникнувъ сѣдой головой въ старушечьемъ чепчикѣ, въ оцѣпенѣніи одинокаго и покорнаго горя...

Только въ кухнѣ шумно возилась Лукерья, приготовляя

себѣ за печкой постель и отводя душу въ злобномъ ворчаньи по поводу оскорбившей ее ни за что, ни про что, Глафиры.

"День-деньской покою нѣтъ отъ проклятой!.. Боженька миленькій, и когда только ты меня вынесешь изъ гнѣзда этого чортова? Силушки нѣтъ моей! Уйду, вотъ-же, ей-ей, уйду, наконецъ!.. Провалитесь вы всѣ, окаянные!.."

Въ это время бѣлый котъ, Глафиринъ любимецъ, единственное изъ всѣхъ въ этой квартирѣ, въ настоящій моментъ, существо, сохранившее спокойствіе духа, пріятно мурлыкая, сдѣлалъ попытку взобраться на ложе кухарки — но въ ту-же минуту получилъ жестокій шлепокъ, заставившій его отлетѣть къ противоположной стѣнѣ.

"Брысь ты, проваленный! У, паскуда проклятая!"

Котъ опрометью бросился къ двери, растворилъ ее, прокрался въ столовую и забился тамъ подъ диванъ. Онъ тоже былъ оскорбленъ, въ свою очередь.

При скрипѣ отворившейся двери, старушка вздрогнула, посмотрѣла въ ту сторону и зацѣпенѣла опять, въ прежнемъ своемъ положеніи...

И снова тишина воцарилась въ квартирѣ, но тишина особаго рода — не покоя и мира, а та, гнетущая, жутко-томительная, въ которой каждый раздавшійся звукъ болѣзненно потрясаетъ разбитые нервы, измученное и усталое сердце замираетъ и бьется напряженнымъ, неровнымъ біеніемъ, и каждое это біеніе ловится ухомъ, какъ рѣзкій, неестественный звукъ готовой лопнуть струны... И когда, въ такой тишинѣ, нисходитъ сонъ-избавитель — онъ не приноситъ съ собой новыхъ силъ и освѣженія тѣлу: онъ тревоженъ, мучителенъ, ибо исполненъ кошмарныхъ видѣній и бреда...

IX

Было далеко уже за полночь, и мѣсяцъ, переплывшій на другую сторону неба, свѣтилъ теперь прямо въ окна квартиры.

Вѣра, наплакавшись до-сыта, тотчасъ заснула. Спала и

Лукерья, оглашая всю кухню такимъ богатырскимъ храпомъ, сопѣньемъ и даже присвистываньемъ, что мирно шушукавшіеся между собою о своихъ политическихъ дѣлахъ, надъ самой ея головой, прусаки-тараканы пошевеливали въ волненіи усиками.

Но Глафира и Авдотья Макаровна все не смыкали пока еще глазъ.

Первая изъ двухъ упомянутыхъ ни разу не перемѣнила своего положенія и, лежа навзничь, съ закинутыми за шею руками и изрѣдка только похрустывая судорожно сцѣпленными пальцами, воспаленными и сухими глазами неотводно смотрѣла на противоположную стѣну, гдѣ рѣзко чернѣлось крестообразное отраженіе рамы окошка, захватывая облитыя яркимъ луннымъ сіяніемъ полотенце и юбку.

А въ нѣсколькихъ шагахъ отъ Глафиры, отдѣленная отъ нея только стѣною, мучилась тоже безсонницею Авдотья Макаровна. Долго вздыхала и стонала старушка, переворачиваясь то на одинъ бокъ, то на другой, скрипя своимъ жесткимъ диваномъ, и кончила тѣмъ, что разсталась съ подушками, сѣла, притянувъ свои старыя колѣни къ самому почти подбородку, обняла ихъ руками и совсѣмъ ужъ затихла въ такомъ положеніи.

Она была вся потрясена и разбита, но въ то-же самое время голова ея работала дѣятельно и тамъ проходило многое, многое изъ давно ушедшихъ во мракъ забвенья годовъ, что казалось навсегда отжитымъ, погребеннымъ подъ грудой другихъ, позднѣйшихъ уже наслоеній, и вдругъ вотъ теперь поднялось и завихрилось въ пестрой сумятицѣ, въ видѣ то яркихъ, то смутныхъ клочковъ — подобно тому, какъ бываетъ въ глухую и ненастную осень, съ зловѣще-ползущими п5 небу сѣрыми, косматыми тучами, когда ни-вѣсть откуда взявшійся вѣтеръ, буйно гуляя въ оголенномъ лѣсу, накинется вдругъ на кучу старыхъ, слежавшихся листьевъ, что здѣсь копились въ теченіи долгаго времени, частью совсѣмъ уже черныхъ, гнилыхъ, частью вялыхъ и еще не успѣвшихъ засохнуть, но за одно уже тлѣвшихъ въ общей компаніи, и приметсяъ тормошить и буровить доселѣ спокойно лежавшую кучу, кружа и разбрасывая старые листья, то ударяя ихъ о земь, то взметая подъ самое небо...

За что сегодня Глафира такъ жестоко ее оскорбила?.. Чѣмъ она виновата? Что она сдѣлала въ своемъ прошломъ такого, за что ей пришлось выслушать столько упрековъ?

Вотъ мужъ-покойникъ, отъ котораго испытала она столько горя, вотъ Глафира — молодая, семнадцатилѣтняя дѣвушка, вотъ Вѣра — совсѣмъ еще малый ребенокъ...

Осень, ночь, тишина. Убогая комната, раздѣленная пополамъ драпировкой. Дочери спятъ, а сонъ бѣжитъ отъ Авдотьи Макаровны, и сердце ея то шибко колотится, то вдругъ замираетъ, словно въ предчувствіи чего-то ужаснаго, долженствующаго непремѣнно случиться... Стукъ, топотъ ногъ, голоса: — "Здѣсь, что-ль, живутъ Хороводовы?" — и еще голоса:— "Отворите!.." — Свѣча зажжена, дверь поспѣшно отворена, а за нею виднѣются незнакомые люди, дворникъ ихъ дома, и между ними что-то неподвижное, длинное, которое несутъ на рукахъ всѣ эти люди, несутъ тяжело, осторожно, какъ несутъ человѣка... Не можетъ быть! Неужели? Да, это онъ, ея Андрей Константинычъ, безгласный, безчувственный, весь въ грязи и крови... Умеръ?!.. "Пьяный... попалъ подъ карету..." угрюмо объясняетъ ей человѣкъ, который, оказывается, былъ вмѣстѣ съ мужемъ и, должно быть, съ нимъ пьянствовалъ, потому что отъ него самого пахнетъ водкой...

Царица Небесная-Матушка! Ты видишь вою душу ея! Была-ли она виновата въ томъ, что случилось?..

"Прочь! Тебѣ не понять! Гдѣ тебѣ знать натуру художника, который не можетъ выносить своей жизни! Я пьянъ, потому что изъ-за тебя пропадаю!!" — вотъ и теперь еще живо помнится ей, какъ бывало, не разъ повторялъ ей Андрей Константинычъ... А самъ, пьяный, растерзанный, бьетъ себя въ грудь кулакомъ и заливается-плачетъ... "Папенька, лягьте!" говоритъ ему Глаша. "Вотъ, вотъ кто... она! Только она одна меня понимаетъ!" кричитъ Андрей Константинычъ и позволяетъ вести себя подъ руки....

Ну, да, что ужъ скрывать, надо сознаться, что она плохо тогда понимала, да и теперь не можетъ взять въ толкъ, чѣмъ мучился Андрей Константинычъ?... Правда, былъ онъ лѣтъ на восемь моложе ея, какъ женился... Красивенькій такой былъ тогда, блѣдный, съ длинными, до плечъ, волосами... Скромный былъ, тихій; одно только плохо: выпить любилъ... Живописецъ, художникъ! Что-жъ, кажется, это ужъ должность такая, что всѣ они не могутъ безъ этого, — кто ихъ тамъ разберетъ!.. Бывало, придетъ къ нимъ компанія, спорятъ, кричатъ — и непремѣнно всѣ перепьются... Да и не только художниковъ, — какого, какого только народу онъ къ себѣ ни таскалъ!.. Разъ привелъ даже ночью какого-то пьянаго (самъ тоже былъ пьянъ), рванаго, грязнаго, съ каторжной рожей (въ трактирѣ-же, кажется, и познакомился съ нимъ)!.. "Смотри, каковъ типъ! — кричитъ; — я завтра его нарисую!" А этотъ "типъ" вотъ каковъ оказался: на другое-же утро — тю-тю и пару серебряныхъ ложечекъ еще у нихъ утащилъ...

А, вѣдь, она и сама была тогда недурна!.. Жила она, какъ оказалось, съ нимъ рядомъ, комнату тоже отъ жильцовъ нанимала, а существовала швейной работой... Познакомились... И она ему тоже вскорѣ понравилась. "Бюстъ, — признавался, — у васъ очень хорошъ!.." Все приставалъ ее срисовать, только увѣрялъ, что ей непремѣнно нужно быть для этого голой... Фу, даже и теперь стыдно вотъ вспомнить, какъ онъ ее тогда улещалъ, только, конечно, ничего не дождался: она себя соблюдала. Ну, когда повѣнчались — понятно, другое пошло!

Жили они сперва ничего. Онъ уроки давалъ, ходилъ въ свою академію. Все какую-то большую картину хотѣлъ написать, чтобы она непремѣнно его имя прославила... Попивалъ онъ и тогда уже, правду сказать, и сильно таки, порою случалось — ну, да все ничего. Не унывалъ еще онъ въ тѣ времена!

Въ первый-же годъ родилась у нихъ Глаша... И все еще пока было недурно... А потомъ какъ-то вдругъ и пошло! Сталъ онъ задумываться, мрачный вдругъ сдѣлался, академію бросилъ и запивать чаще сталъ...

Только и тогда все еще было сносно пока. Уроки давалъ онъ и картинки писалъ на продажу... Портреты тоже, случалось, снималъ и разный народъ къ нимъ ходилъ по этому случаю... Тогда-то вотъ и съ Мартынъ Матвѣичемъ (съ котораго тоже писалъ онъ портретъ) они познакомились и скоро тотъ съ Андрей Константинычемъ пріятелемъ сдѣлался. Нанимали они тогда, помнится, квартирку въ двѣ комнаты.

Глашу любилъ онъ. Все, бывало, съ ней няньчится. "Я,— не разъ покойникъ говаривалъ,— въ ней замѣчаю задатки!.." Шутилъ съ ней, разговаривалъ, когда она подростать начала... А то, бывало, уведетъ дѣвочку въ темную комнату (по вечерамъ это больше случалось), посадитъ ее къ себѣ на колѣни, и долго оба сидятъ въ темнотѣ, и все разговариваютъ... Училъ онъ ее тоже и грамотѣ — только все какъ-то для этого у него времени не было...

А потомъ ужъ пошло совсѣмъ худо. Допился онъ разъ до бѣлой горячки. Въ больницу свезли... Что она горя тогда приняла — Господь одинъ только знаетъ! Случалось, цѣлыми днями не ѣвши сидѣли.

Вышелъ онъ изъ больницы слабый, худой... Покашливать сталъ... Впрочемъ, опять они немножко поправились — да не надолго, однако! Опять онъ какъ-то запьянствовалъ и всякой работы лишился.

Только разъ онъ заказъ получилъ. Купилъ желѣзныхъ листовъ, разставилъ по комнатѣ и работать принялся: вывѣски для мелочной рисовалъ онъ, какъ оказалось... И таково это хорошо у него выходило: и фрукты тамъ всякіе, и хлѣбъ, и банки съ вареньемъ... Только онъ все недоволенъ. Злющій-презлющій!.. Она уже всячески старалась его ободрить.— "Посмотри,— разъ сказала ему,— какъ все это чудесно у тебя нарисовано, и чего только ты убиваешься? Вонъ и лимонъ какъ отлично, а ситникъ-то, ситникъ-то — просто живой!" — Только что-же? Вѣдь, еще пуще онъ огорчился:— "Глупая женщина ты,— говоритъ,— да знаешь-ли ты, что я палъ, палъ безвозвратно?!" — да какъ вдругъ заплачетъ... И удивительно, право, чего ему было, кажется, нужно? И работу кончилъ прекрасно, и деньги ему заплатили!

А тутъ Вѣра у нихъ родилась. Глашѣ одинадцатый годъ уже былъ...

Совсѣмъ у нихъ скверно пошто! Трезвымъ-то, кажется, онъ уже и совсѣмъ быть пересталъ... Цѣлыхъ семь лѣтъ они такъ промаялись...

И вдругъ этотъ случай! Напился Андрей Константинычъ въ какой-то компаніи, вышелъ на улицу, да и попалъ подъ карету... На счастье еще, товарищъ случился, а то-бы и совсѣмъ его задавили. Все-таки всю грудь ему смяли! Однако, онъ мѣсяца съ два еще проскрипѣлъ... Умеръ. Передъ смертью прощенья просилъ... Осталась она съ двумя дочерьми.

Что дѣлать? Отправилась по его прежнимъ товарищамъ, которыхъ припомнить могла. Одни уже умерли, другіе — куды-те, такими важными сдѣлались — рукой не достанешь! Какъ ни какъ, нашлись между ними, однако, и добрые люди, спасибо имъ — не забыли. — "Хороводовъ-то? Какъ-же, еще-бы, помнимъ отлично!" — Тотчасъ-же подписку устроили и собрали ей что-то съ полсотни рублей. Слава Всевышнему, а то-бы и похоронить было не на что Андрей Константиныча!

Только тутъ еще счастье ей помогло. Нашелся одинъ изъ его бывшихъ товарищей (онъ занималъ ужъ тогда въ академіи ихней хорошую должность, а прежде хлѣбъ-соль съ ними водилъ) — и мысль отличную подалъ. Дѣло въ томъ, что оказались послѣ покойника картинки непроданныя, штукъ что-то съ десятокъ, и предложилъ этотъ товарищъ разыграть ихъ въ лотерею... Самъ-же все и устроилъ... Глядь — анъ въ концѣ концовъ цѣлыхъ три сотенныхъ въ рукахъ у нея очутились!

Тутъ словно что свыше ее осѣнило — ужъ, подлинно, можно сказать, самъ Господь надоумилъ!.. Приглядѣла какъ-то она — и то совершенно случайно — квартирку въ подвалѣ, съ помѣщеніемъ подъ какое-нибудь заведеніе, — чуть-ли даже и раньше здѣсь не было портерной... Она и сняла. Кстати еще, одинъ изъ пріятелей покойника полезнымъ ей тутъ оказался: вывѣску для табачной ея написалъ — и таково это отлично, какъ слѣдуетъ, съ арапомъ и туркой, и притомъ за самую дешевую цѣну — взялъ только то, во что ему самому матерьялъ обошелся...

Десять уже лѣтъ прошло ровно съ тѣхъ поръ.

Ты, Ты одинъ, Господь милосердный, видишь сердце ея! Неужель еще мало страдала она? А слезы ея, горючія слезы, которыя она проливала... Кто видѣлъ ихъ, эти слезы?.. И во всю-то, во всю ея горькую жизнь — кто ее пожалѣлъ, кто отнесся съ участіемъ, кто хотя-бы лишь изъ одного любопытства пожелалъ-бы узнать, какія тревоги, какія мученія она переноситъ съ утра и до ночи, какъ она мечется, бьется, о каждой копѣйкѣ душою болитъ, каждый грошъ мѣдный желѣзнымъ гвоздемъ приколачиваетъ! О, тяжко ей, тяжко, не въ моготу уже ей! Отецъ нашъ небесный, когда-же Ты ее приберешь, наконецъ?!..

. . . .

А мѣсяцъ, этотъ старый, любопытный бродяга, у котораго всегда на умѣ подкараулить что-либо такое, что совершается въ глухой полуночный часъ и ревниво хорониться отъ постороннихъ нескромныхъ очей, долго смотрѣлъ въ эту ночь на тихую, пустынную улицу, на безсоннаго турка, курящаго трубку, на голаго арапа съ огромной сигарой, смотрѣлъ на полицейскаго стража, что, на углу, прислонился къ столбу фонаря, безсильный противиться чарамъ Морфея, смотрѣлъ на возвращавшагося домой забулдыгу, клевавшаго носомъ въ спину извощика, который сонно трусилъ на своей хромой лошаденкѣ, смотрѣлъ на растрепанную и, кажется, пьяную дѣву, въ яркомъ костюмѣ, на углу перекрестка, завязавшую бесѣду о чемъ-то съ одинокимъ и тоже, кажется, пьяноватымъ фланёромъ, послѣ которой они схватились подъ ручку и скрылись у какихъ-то воротъ; смотрѣлъ онъ и въ окна квартиры вдовы и ея дочерей, изъ которыхъ одна покоилась въ объятіяхъ крѣпкаго сна, а другая, съ открытыми широко глазами, томилась безсонными думами; смотрѣлъ на старуху, застывшую въ уничтоженной позѣ и обхватившую руками колѣни... И вотъ ужъ когда ему, наконецъ, надоѣло смотрѣть на все это, онъ медленно подвинулся дальше, скользнувъ косыми лучами по стѣнамъ квартиры, и озарилъ на полу растерзанный и измятый букетъ Мартына Матвѣича, съ безжалостно разсыпанными вокругъ лепестками, которые еще были такъ красивы и нѣжны недавно, а теперь почернѣли, завяли, какъ и возбужденныя-было ихъ видомъ надежды поникшей на диванѣ старухи...

X

Послѣ длиннаго ряда теплыхъ, солнечныхъ дней конца августа, круто вступилъ въ свою смѣну хмурый, плаксивый сентябрь. Словно запоздавшая осень спѣшила воспользоваться своими правами, чтобы наверстать упущенное ею въ бездѣйствіи.

Дождь начинался съ утра, — сѣясь тихо, непрерывно, назойливо, и отъ времени до времени превращаясь въ стремительный ливень. На улицахъ стояли озера. Казалось, весь Петербургъ проливалъ обильныя и безутѣшныя слезы. Плакали стѣны, вывѣски, окна... Плакали мокрыя извощичьи лошади, понуро шлепая въ слякоти... Плакали зонтики мрачно шмыгавшихъ по скользкимъ панелямъ прохожихъ... Плакали даже уличные фонари, бросая трепещущія полосы свѣта на стѣны домовъ и собираясь каждую минуту потухнуть на перекресткахъ, когда порывистый сѣверо-западный вѣтеръ, подкравшись изъ-за угла, внезапно принимался безчинствовать, валя съ ногъ пѣшеходовъ...

Утопали въ слезахъ, съ утра до ночи, турокъ съ дымящейся трубкой и голый арапъ съ огромной сигарой, что безсмѣнно, по прежнему, караулили входъ въ табачную лавочку вдовы Хороводовой, гдѣ теперь поселилось сплошное уныніе.

Въ низенькой, тѣсной лавчонкѣ, съ окошками на уровнѣ тротуара, повисли постоянныя сумерки. Въ иные, особенно ненастные дни, приходилось зажигать въ ней огонь прямо съ утра и это смѣшеніе красноватаго озаренія лампы съ мутнымъ свѣтомъ отъ стеклянной двери и оконъ пуще еще оттѣняло то впечатлѣніе гнетущей тоски, которою дышала вся обстановка, начиная съ картоннаго мальчика, шкафовъ съ табачными и папиросными пачками, и кончая самою хозяйкой, которая при звонкахъ посѣтителей появлялась за прилавкомъ въ своемъ смиренномъ темно-коричневомъ платьѣ, съ фланелевой повязкой на горлѣ, по случаю кашля, и удовлетворяла своихъ покупателей съ такимъ убитымъ и болѣзненнымъ видомъ, какъ будто все, что она теперь говорила и дѣлала, было одною лишь маской, скрывавшей глубокое и неисходное горе, которое не въ силахъ былъ-бы покрыть цѣлый міръ съ его радостями...

Съ этимъ убитымъ и болѣзненнымъ видомъ встрѣтила она Мартына Матвѣича, когда онъ, согласно своему обѣщанію, пріѣхалъ черезъ два дня навѣдаться о результатѣ своего предложенія. Что именно было говорено между ними — осталось никому неизвѣстнымъ. Глафиры не было дома, а Вѣра, при первомъ-же звукѣ голоса Мартына Матвѣича, раздавшемся въ лавочкѣ, стремительно скрылась во владѣнія Лукерьи, гдѣ и просидѣла въ теченіи всего того времени, пока длилось это свиданіе. Оно произошло въ той самой комнатѣ, гдѣ было два дня назадъ, и оказалось очень короткимъ... Такъ никто и не видалъ тогда Мартына Матвѣича, если не считать картоннаго мальчика, своимъ вѣчно бодрствующимъ взоромъ вытаращенныхъ фарфоровыхъ глазъ проводившаго величаваго претендента на руку Глафиры, когда тотъ, по окончаніи визита, шествовалъ къ выходу, и могшаго-бы засвидѣтельствовать, если-бы умѣлъ говорить, что Авдотья Макаровна утирала на глазахъ своихъ слезы, а Мартынъ Матвѣичъ молча, сурово, презрительно распахнулъ дверь на улицу, не подалъ хозяйкѣ руки и не повернулъ даже къ ней головы на прощанье...

Съ этого-то самаго времени убитый и болѣзненный видъ сдѣлался постоянной принадлежностью Авдотьи Макаровны.

— А что, сударыня, ровно-бы какъ вамъ нездоровится? — спрашивали съ участіемъ ее по утрамъ на Сѣнной знакомые зеленщики, мясники и другіе торговцы, когда вдова

Хороводова, но обычаю, съ неизмѣннымъ своимъ большимъ саквояжемъ появлялась тамъ за провизіей.

— Охъ, что ужъ тутъ нездоровится... Оно и нездоровится, правда, да и... ну, да ужъ что! — не докончивъ рѣчи, махала рукою старушка, испуская продолжительный вздохъ.

— Такъ-съ. Погода оченно скверная!.. Отъ лопатки прикажете?

— Богъ съ ней, съ погодой... Да, отъ лопатки... Умирать вотъ пора!

— Это вы совершенно понапрасно-съ... Съ нами еще поживите-съ!

— Что ужъ тутъ жить... Оно-бы, можетъ, и хорошо еще, пока Богъ грѣхамъ терпитъ, да только... Охъ, да ужъ что! — опять махала рукою вдова, съ выраженіемъ, ясно показывавшимъ, что многое могла-бы она разсказать, да только не всякій это понять въ состояніи и никто не поможетъ — и тотчасъ же прибавляла поспѣшно, въ то время какъ продавецъ, словно палачъ, готовящійся обезглавить преступника, заносилъ высоко топоръ надъ тушей говядины: — Безъ кости, безъ кости, голубчикъ, руби! Прошлый-то разъ какъ есть была чистая кость... Вотъ ты какой нехорошій, даромъ, что я у тебя постоянно беру...

— И за это мы васъ уважаемъ! — говорилъ продавецъ, богатырскимъ ударомъ отдѣливъ кусокъ мяса, клалъ его на вѣсы и опускалъ потомъ въ разинутый саквояжъ покупательницы, прибавивъ: — Пожалуйте-съ!

Отсюда Авдотья Макаровна шла къ навѣсу съ грудами кочней капусты и другихъ овощей, гдѣ тотчасъ-же слѣдовалъ опять разговоръ въ родѣ только что изображеннаго выше. Когда, напослѣдокъ, окончивъ закупки и сгибаясь подъ тяжестью наполненнаго провизіей саквояжа, старушка направлялась въ обратный свой путь, она чувствовала на душѣ облегченіе.

Путешествія на Сѣнную, бывшія прежде для Авдотьи Макаровны одною изъ утомительныхъ, хотя и привычныхъ обязанностей, принятыхъ ею на себя съ давняго времени въ видахъ сбереженія необходимой копѣйки, сдѣлались теперь для нея отдыхомъ отъ того тоскливаго гнета, которымъ вѣяли на нее стѣны квартиры, и всякіе знаки участія, хотя-бы въ самой незначительной степени, были какъ-бы каплями свѣжей росы, облегчавшими немного уныніе ея наболѣвшаго сердца.

Теперь, по ночамъ, она видѣла разные тяжелые и страшные сны, отъ которыхъ даже случалось ей просыпаться... Сны эти повергали старушку въ бездну всевозможныхъ догадокъ и комбинацій, болѣе или менѣе тревожнаго свойства, и повѣрять ихъ Лукерьѣ, оказавшейся искусной снотолковательницей, стало для Авдотьи Макаровны ежедневной потребностью.

Утро для нея начиналось вспоминаніемъ сна — безсвязнаго, смутнаго, наполненнаго всякими неидущими къ дѣлу подробностями, давившими мысли вдовы общимъ мистическимъ своимъ колоритомъ, ощущеніе котораго сильнѣе всего овладѣваетъ сновидцемъ въ первое время по пробужденіи — и отъ этого впечатлѣнія Авдотья Макаровна долго не въ состояніи была освободиться.

"Богородице, Дѣво, радуйся..." — шептала она предъ кіотой, начиная рядъ обычныхъ молитвъ своихъ — а подробности сна такъ и лѣзли все въ голову, такъ и всплывали одна за другою; "тьфу, окаянная грѣшница! Вѣрую во единаго Бога-Отца..." — уже вслухъ произносила старушка, усердно отвѣшивая земные поклоны и всячески стараясь прогнать постороннія мысли.

Затѣмъ она наскоро выпивала чашку вчерашняго вскипяченнаго кофе и отправлялась на рынокъ. Мучительныя впечатлѣнія сна немного ослабѣвали въ разговорахъ съ торговцами, пріобрѣтая за то опредѣленность движеній и красокъ и слагаясь въ совершенно законченные и ясные образы, которые зрѣли на обратномъ пути, а затѣмъ предлагались обсужденію Лукерьѣ, какъ только старушка возвращалась домой.

— Вижу, Лукерьюшка, будто я въ полѣ...— разсказывала Авдотья Макаровна, вооруженная длиннымъ ножомъ и стоя у стола надъ кучкой картофеля, моркови и зелени, такъ какъ приготовлялась чистить все это для супа, между тѣмъ какъ Лукерья, въ другомъ углу кухни, выполаскивала надъ лоханкой для той-же цѣли горшокъ, а бѣлый Глафиринъ любимецъ, сидя на поджатомъ хвостѣ, не сводилъ пристальныхъ глазъ съ табуретки, на которой виднѣлась деревянная чашка съ водой, гдѣ мокла говядина; туть-же, съ нимъ рядомъ, тихо шумѣлъ самоваръ. — И вотъ, стою это я въ полѣ, — продолжала Авдотья Макаровна, — а впереди-то солдаты, солдаты, много солдатъ!..

— Отраженіе, значить?

— Нѣтъ, не сраженіе... Погоди... Какъ будто это парадъ... да, да, на Царицыномъ лугу парадъ для солдатъ. Кругомъ-то народъ, и я тоже въ народѣ. Тѣсно такъ, жарко... То-есть, такъ это мнѣ жарко, что я и сказать не могу! И вдругъ, откуда ни возьмись, генералъ... Важный такой, весь въ орденахъ, въ эполетахъ — подъѣзжаетъ ко мнѣ на конѣ, а въ рукахъ его рѣпа... ну, вотъ, простая, обыкновенная рѣпа! "Не желаете-ли, говоритъ, скушать, сударыня?" — И вдругъ, нѣтъ генерала, а я держу рѣпу — и рѣпа-то эта уже теперь не простая, а будто въ ней все сидятъ канарейки, и сама-то она теперь уже съ крылышками... Хорошо. Стою это я съ рѣпой и крѣпко, крѣпко держу, боюсь, чтобы она изъ рукъ-то не вылетѣла... И вдругъ за окошкомъ шумъ — страшный шумъ, крикъ, смятеніе — словно вотъ бьютъ кого!

— За окошкомъ? Это откуда-же окошко-то вдругъ? — спрашивала сильно заинтересованная разсказомъ Лукерья, переставъ мыть горшокъ и не сводя глазъ съ Авдотьи Макаровны, которая, покинувъ свой спокойный, эпическій тонъ и стоя теперь среди кухни, горячо размахивала длиннымъ ножомъ.

Вопросъ объ окошкѣ, совершенно неожиданномъ по ходу событій, повергалъ въ затрудненіе разскащицу, но она тотчасъ-же его разрѣшала.

— Да это я будто уже въ комнатѣ... Только не здѣсь, не у насъ, а словно-бы въ какой каланчѣ... высокой, высокой такой, то-есть, я и сказать не могу, какъ высокой!.. И вотъ туть-то окошко... А я предъ окошкомъ — одна...

— А рѣпу все держишь?

— А рѣпу держу, все держу, боюсь, чтобы она не улетѣла въ окошко,— даже трясусь! А за окошкомъ-то шумъ, гамъ, будто все тамъ народъ, и не то бьютъ кого, не то всѣ сюда лѣзутъ, ко мнѣ, то-есть, лѣзутъ и рѣпу хотятъ отнять отъ меня... Какъ вдругъ за дверью — собака... Скребется, визжитъ, чтобы я ее, значитъ, впустила... И только это хочу я впустить ее, какъ вдругъ въ окошко лѣзетъ Мартынъ Матвѣичъ — весь какъ есть голый... даже стыдно сказать!

— Голый?

— Ну, то-есть — вотъ какъ мать родила!.. Влѣзъ — и прямо ко мнѣ... А тутъ вдругъ дверь — хлопъ, и вижу, собака ужъ въ комнатѣ и опрометью тоже ко мнѣ!

— Погоди, какая собака была? Черная или другая?

— Черная, черная, какъ теперь ее вижу!.. Ну а потомъ вотъ ужъ я и не помню, какъ дальше тутъ вышло — только рѣпы ужъ нѣтъ у меня! Собака-ли изъ рукъ у меня выхватила, или Мартынъ Матвѣичъ отнялъ — ужъ сказать не могу... Помню только, что жалко рѣпы мнѣ стало, чуть что не плачу и ихъ умоляю:— "Не задушите, Христа-ради не задушите ее!.." — И такъ это страшно мнѣ сдѣлалось вдругъ... Тутъ я и проснулась, да и проснувшись-то, все еще ихъ умоляю, уже на яву: — "Не задушите, не задушите ее!.." Это рѣпу-то, значитъ...

Окончивъ разсказъ, старушка задумывалась. Лукерья тоже задумывалась, проникая въ смыслъ сновидѣнія, на основаніи всѣхъ его мелкихъ подробностей — и затѣмъ произносила послѣ небольшого молчанія:

— Это все хорошо!

— Неужто?— спрашивала съ сомнѣніемъ Авдотья Макаровна; — а зачѣмъ-же у меня рѣпу-то отняли?

— Вотъ это и хорошо, что у тебя ее отняли... Если-бы ты сама ее съѣла — плохо тогда!

— Да неужели, Лукерьюшка?

— Я ужъ тебѣ говорю! Это-бы значило, что ты вотъ, напримѣръ, хотѣла-бъ чего... то-есть, страсть какъ хотѣла, и знала, что безпремѣнно это получишь — анъ накась и выкуси!

Шишъ!.. Вотъ это что обозначаетъ рѣпу-то ѣсть... А ты, вишь, разсказываешь, что у тебя ее отняли — значитъ, этого съ тобой не случится. Да и отнялъ-то кто? Собака, другъ, то-есть, значитъ... Все это очень отлично!.. Вотъ только нехорошо, что она была черная...

— Да я все-таки въ толкъ взять не могу...

— Погоди, я тебѣ все по порядку. Сперовоначала видѣла ты, что была на парадѣ... Это обозначаетъ — будетъ успѣхъ въ дѣлахъ твоихъ... Мартына-то Матвѣича, говоришь, видѣла голаго?

— Голаго, — кивала головой подтвердительно Авдотья Макаровна.

— Вотъ это нехорошо Мартыну Матвѣичу... Это выходитъ, что онъ теперь нездоровъ... И вотъ какъ теперь я тебѣ все растолкую. Слушай!

Лукерья окончательно покидала горшокъ и обтирала о фартукъ мокрыя руки, приступая къ своимъ прорицаніямъ. Авдотья Макаровна тоже оставляла свой ножъ на столѣ и приближалась къ Лукерьѣ. Та начинала съ таинственностью:

— Мартынъ Матвѣичъ, чу, теперь въ болѣзни находится... Болѣзнь его отъ того приключилась, что онъ своей надежды лишился... Смекаешь? И если онъ вдругъ теперь, Мартынъ Матвѣичъ-то, значитъ...

На этомъ интереснѣйшемъ мѣстѣ, часто случалось, Лукерья вдругъ умолкала и бросалась раздувать самоваръ, а Авдотья Макаровна, очутившись опять у стола, съ сосредоточеннымъ видомъ принималась чистить картофель... Происходило это вслѣдствіе внезапнаго появленія въ кухнѣ Глафиры, въ утреннемъ дезабилье, съ полотенцемъ и мыломъ... Уловивъ ухомъ послѣднія слова прорицательницы, она подозрительно, изподлобья, окидывала глазами мать и кухарку и, подойдя къ рукомойнику, принималась тамъ умываться.

— Вскипѣлъ самоваръ-то, Лукерья? — невиннѣйшимъ тономъ освѣдомлялась старушка.

Вмѣсто отвѣта, Лукерья подхватывала клокочущій во всѣ пары самоваръ и несла его въ комнату, а за ней по пятамъ устремлялась тотчасъ-же и Авдотья Макаровна.

Пока кофе заваривался, къ столу приходили дѣвицы и разсаживались по своимъ обычнымъ мѣстамъ. Появлялась Глафира — похудѣвшая, сумрачная, съ синевой подъ глазами, нервно придвигала къ себѣ налитую чашку и погружалась въ питье... Немного спустя, подходила и Вѣра — блѣдная, вялая, очевидно не выспавшаяся; клала передъ собою книжку романа и тоже принималась пить кофе, не отрывая глазъ отъ страницъ. Старушка прихлебывала боязливыми глоточками съ блюдца, держа его на растопыренныхъ пальцахъ и съ убитымъ видомъ смотря на окошки съ запотѣлыми стеклами, по которымъ текли струи дождя, словно слезы, а на дворѣ жалобнымъ голосомъ верещала мокрая баба-селедочница .. Нахохлившаяся въ своей клѣткѣ, подъ потолкомъ, канарейка, неподвижно сидя на жердочкѣ, тоже, повидимому, чувствовала себя очень скверно... Скверно чувствовалъ себя и бѣлый Глафиринъ любимецъ, который не подходилъ и не ласкался къ хозяйкѣ, а меланхолически сидѣлъ въ отдаленіи, благодаря претерпѣннымъ невзгодамъ въ сердечныхъ дѣлахъ, на что могли служить указаніемъ его надорванное ухо и расцарапанный носъ... Даже и мухи уже не кружились теперь надъ столомъ, какъ было лѣтомъ, съ веселымъ жужжаньемъ... Ихъ совсѣмъ не было видно, только штукъ пять или шесть, пережившихъ своихъ прочихъ подругъ, вяло бродили по разсыпаннымъ по столу крошкамъ, какъ-бы думая горькую думу: — "Эхъ, пора, пора умирать!"

Въ гробовомъ молчаніи отпивался кофе. Авдотья Макаровна торопливо перемывала посуду и скрывалась на кухню. Глафира чесалась, потомъ уходила въ спальню — и уже не показывалась оттуда вплоть до обѣда. Во все это время изъ спальни слышался стукъ швейной машины, которую она откуда-то пріобрѣла на прокать, невѣдомо для домашнихъ, какъ невѣдомо было для нихъ, откуда она получила заказъ на бѣлье, за которымъ сидѣла цѣлыми днями.

Вѣра оставалась одна, погруженная въ чтеніе. Но и въ этомъ единственномъ и самомъ любимомъ занятіи младшей дѣвицы не замѣчалось уже теперь увлеченія. Случалось, она покидала романъ и принималась за поливку цвѣтовъ, или вдругъ вспоминала, что клѣтка у канарейки не чищена (прежде это входило въ кругъ заботъ старшей сестры, но занятая теперь съ утра до вечера швейной работой, она сдѣлалась ко всему остальному вполнѣ равнодушной). Вѣра влѣзала на стулъ, снимала съ потолка канарейку и продѣлывала все, что было нужно. Повидимому, эти занятія доставляли ей теперь удовольствіе... Оставшись снова безъ дѣла, она погружалась въ прерванное чтеніе книги, но вскорѣ взоръ ея становился разсѣяннымъ, застывая подолгу на одной и той же страницѣ... Покинувъ романъ, она прислонялась затылкомъ къ спинкѣ дивана и принималась смотрѣть въ одну точку. Словно какая-то особливая, властная дума забирала ее... О чемъ могла быть эта дума? Проходили-ли въ ея головѣ принцъ Родольфъ Герольштейнскій, Учитель, Пѣвунья и прочіе персонажи романа "Парижскія Тайны"? Или она размышляла о томъ, почему Глафира дуется вотъ уже вторую недѣлю и чѣмъ это окончится?.. Богъ вѣсть! Лицо ея оставалось непроницаемымъ подъ выраженіемъ обычной апатіи... Звукъ колокольчика, раздававшійся въ лавочкѣ при входѣ какого-нибудь покупателя, заставлялъ ее вздрагивать. Она вставала, отворяла дверь въ кухню и возвѣщала Авдотьѣ Макаровнѣ:— "Маменька, кто-то есть въ магазинѣ!" — Затѣмъ она съ любопытствомъ прислушивалась къ звукамъ посторонняго голоса, стараясь угадать, съ кѣмъ толкуетъ старушка — съ постояннымъ ли ихъ покупателемъ, или съ совсѣмъ незнакомымъ?.. Но вотъ голоса умолкали и Вѣра опять оставалась одна. Она лѣниво подходила къ окошку и принималась смотрѣть на бѣгущія по стекламъ, однообразно и непрерывно, въ ладъ монотонному стучанью за стѣнкой швейной машины, струи дождя... Наконецъ, она вдругъ изгибалась всѣмъ тѣломъ, разминая оцѣпенѣвшіе члены, закидывала сцѣпленныя вмѣстѣ руки за шею — и съ глубокимъ, страдальческимъ вздохомъ, восклицала вполголоса:

"Господи, какая тоска!!"

Томительно-медленно подползало время обѣда, происходившаго въ томъ же ненарушимомъ молчаніи. Тотчасъ же послѣ него Глафира опять уходила къ себѣ и стукъ швейной машины возобновлялся съ упорной назойливостью... Вѣра бралась снова за "Парижскія Тайны", садилась къ окошку и читала при тусклыхъ лучахъ угасавшаго ненастнаго дня, не отрываясь, до тѣхъ самыхъ поръ, пока печатныя строки начинали сливаться въ глазахъ ея въ одно сплошное пятно... Тогда закрывала, наконецъ, она книгу и, держа ее на колѣняхъ, застывала неподвижно со взоромъ, устремленнымъ въ окошко, въ то время какъ мать ея сидѣла и кашляла въ лавочкѣ, погруженная въ вязанье чулка, при свѣтѣ висячей лампы подъ потолкомъ, съ широкимъ жестянымъ абажуромъ. Сумерки въ комнатѣ сгущались въ безразличную темень, изъ двери, затворенной въ спальню, протягивалась по полу золотая полоска отъ свѣта зажженной свѣчи,— а швейная машина за стѣнкой все стучала, стучала, стучала... Но вотъ и тамъ, во мракѣ двора, въ подвальномъ этажѣ противоположнаго флигеля освѣтилось окошко, и мокрые булыжники прилегающей къ нему мостовой заблестѣли какъ лакированные... На фонѣ спущенной шторы явственно обозначился черный силуэтъ головы, расплылся и исчезъ... А Вѣра все продолжала сидѣть въ темнотѣ, беззвучно и неподвижно, и только профиль лица ея смутнымъ пятномъ бѣлѣлъ у окошка...

Наступало и время вечерняго чая, наступала и ночь.

"Богородице, Дѣво, радуйся",— опять, какъ и утромъ, шептала старушка, на колѣняхъ передъ кіотой, и прочитывала въ неизмѣнномъ порядкѣ весь свой обычный запасъ молитвъ, покивая головой на иконы и жарко припадая челомъ къ холодному полу; затѣмъ раздѣвалась, съ кряхтѣньемъ и кашлемъ укладывалась на свой скрипучій диванъ и затихала.

Вѣра, войдя въ ихъ общую съ Глафирою спальню, боязливо, украдкой, взглядывала на раздѣвавшуюся при свѣчкѣ сестру, безмолвно, въ свою очередь, освобождала себя отъ одеждъ, ложилась и повертывалась тотчасъ же къ стѣнкѣ лицомъ, укутавшись съ головой одѣяломъ, между тѣмъ какъ Глафира, тоже не проронивъ ни единаго слова, задувала свѣчу.

Безмолвіе, мракъ и мѣрное стуканье маятника воцарялись въ квартирѣ, — а тамъ, за окномъ, въ перебой этихъ звуковъ, тоже мѣрно, назойливо, стучала въ желѣзо карниза откуда-то сверху непрерывная капля...

"О Господи, помилуй мя грѣшную!" — шептала вдова, одолѣваемая гнетущими думами, вздыхая и вертясь на своемъ жесткомъ ложѣ, а онѣ, эти гнетущія думы о завтрашнемъ днѣ, о злобѣ Глафиры, о собственной невѣдомой будущей смерти, такъ и ползли и ползли въ ея бѣдную голову, сплетаясь мало по малу въ безразличный сумбуръ, пока мѣрное дыханіе съ легкимъ присвистываньемъ Авдотьи Макаровны, наконецъ, обнаруживало, что сонъ увлекъ ее изъ этого безотраднаго міра заботъ въ свое волшебное царство...

А рядомъ, сейчасъ, за стѣною, ея старшая дочь все продолжала томиться безсонницей. Протянувшись во весь ростъ на постели и подложивъ руки подъ голову, она смотрѣла широко-раскрытыми глазами во мракъ и все думала...

Вѣра лежала недвижно подъ своимъ одѣяломъ, заглушавшимъ дыханіе спящей. Отъ времени до времени она ворошилась и тотчасъ же опять затихала, а затѣмъ изъ-подъ одѣяла вдругъ слышались неясные звуки какихъ-то отрывочныхъ словъ... Она бредила.

Глафира не перемѣняла своего положенія и все думала, думала...

Возобновившійся дождикъ шлепалъ въ окошко... Маятникъ стучалъ неустанно... Старушка крѣпко спала и видѣла сонъ, будто стоитъ она на Сѣнной, подъ навѣсомъ, и покупаетъ говядину, а Мартынъ Матвѣичъ, въ фартукѣ и картузѣ продавца, занесъ высоко топоръ и хочетъ перерубить пополамъ какую-то длинную штуку... Лицо его страшно, глаза налиты кровью...— "Не рубите, ради Христа, не рубите",— въ ужасѣ умоляетъ его Авдотья Макаровна; "это вѣдь канифасъ, канифасъ... Охъ, Господи!" — шептала она, ужъ въ просонкахъ, и снова опять засыпала...

И все давно уже спало вокругъ. Спала Вѣра, подъ своимъ одѣяломъ уподобляясь кокону, спала Лукерья, храпя на всю кухню, спалъ котъ, свернувшись на стулѣ калачикомъ, спала въ клѣткѣ своей канарейка...

А Глафира все смотрѣла раскрытыми глазами во мракъ — и все думала, думала, думала...

XI

Глафира думала теперь цѣлыми днями...

Сидитъ она одна-одинёхонька, согнувшись надъ швейной машиной, колышетъ ногою педаль, а передъ нею тянется безконечная нитка, подъ стукъ колеса, отбивающаго на полотнѣ мелкія, бѣлыя точки — и съ ней за одно тянется въ головѣ старой дѣвицы одна, тоже безконечная, дума...

На другое-же утро послѣ происшедшаго ночью бурнаго объясненія съ матерью, Глафира отправилась по бѣлошвейнымъ, съ предложеніемъ работы. Въ два первые дня эти экскурсіи были вполнѣ неудачны, такъ какъ вездѣ имѣлись свои мастерицы и не представлялось никакого резона поручать заказъ посторонней. Но Глафира отнюдь не отчаивалась, не жалѣя собственныхъ ногъ и не обращая вниманія на свое утомленіе, и эта настойчивость на третій день ея поисковъ увѣнчалась успѣхомъ — даже такимъ, на какой она совсѣмъ не разсчитывала. Правда, ей помогъ въ этомъ случай. Въ одной бѣлошвейной она встрѣтилась со своей прежней знакомой, давно потерянной изъ виду, которая оказалась исполняющей здѣсь должность старшей мастерицы — и она-то ей оказала протекцію. Въ сущности, ихъ заведеніе не могло быть полезнымъ Глафирѣ, по тѣмъ-же причинамъ, по которымъ ей было отказано въ другихъ бѣлошвейныхъ. За то ея знакомая вспомнила, что не дальше какъ за часъ до прихода Глафиры у хозяйки была постоянная закащица ихъ мастерской, нѣкая дама, предлагавшая большой заказъ на бѣлье, предназначавшееся въ приданое дочери, которое нужно было сшить въ короткое время — но эту работу пришлось отклонить, за обиліемъ другихъ спѣшныхъ заказовъ, и только дать обѣщаніе упомянутой дамѣ порекомендовать бѣлошвею. Затѣмъ Глафира была представлена тотчасъ-же хозяйкѣ, величественной нѣмкѣ съ пунцовымъ лицомъ, и, послѣ убѣдительныхъ завѣреній мастерицы, ручавшейся за свою протеже, какъ за себя самое, она была снабжена визитной карточкой съ припиской нѣсколькихъ строкъ нѣмецкихъ каракуль, которыя и возъимѣли свое надлежащее дѣйствіе, въ томъ смыслѣ, что спустя какой-нибудь часъ послѣ этого, Глафира сидѣла ужъ дома, окруженная ворохомъ тонкаго полотна и батиста, передъ швейной машиной, пріобрѣтенной за одинъ и тотъ-же походъ на-прокатъ, благодаря полученному, по заключеніи условій, задатку...

Это случилось въ тотъ день, когда Мартынъ Матвѣичъ пріѣзжалъ за отвѣтомъ — и прошло всего лишь съ четверть часа, какъ онъ удалился... Глаза Авдотьи Макаровны носили еще слѣды пролитыхъ слезъ, когда Глафира стремительно появилась съ задняго хода, въ сопровожденіи швейной машины, которую тащилъ за нею извощикъ, и прошла тотчасъ-же въ спальню. Мать встрѣтила ея появленіе убитымъ и уничтоженнымъ взоромъ, сестра взглянула съ тревогой и любопытствомъ... Глафира на нихъ не обратила вниманія.

О всѣхъ своихъ похожденіяхъ она не обмолвилась ни единымъ словомъ ни старушкѣ, ни Вѣрѣ, которыя теперь, вообще, совсѣмъ не слыхали ужъ звука Глафирина голоса, словно она наложила на себя искусъ молчанія...

Спальня сдѣлалась теперь исключительнымъ мѣстомъ ея пребыванія и оттуда она появлялась лишь утромъ, къ кофе, потомъ къ обѣду и, наконецъ — къ вечернему чаю и ужину, а во все остальное время тамъ сидѣла безвыходно, заявляя о своемъ существованіи непрерывнымъ стукомъ швейной машины. Никто изъ домашнихъ туда не заглядывалъ. Вѣра, вставъ утромъ со сна, спѣшила одѣться и исчезнуть изъ спальни, а входила опять только на ночь, раздѣвалась, стоя спиною къ сестрѣ, и, укутавшись, по обычаю, съ головой одѣяломъ, тотчасъ-же поворачивалась къ стѣнкѣ лицомъ, какъ-бы желая вполнѣ уничтожиться... Читать въ постели она совсѣмъ перестала...

Глафира была теперь постоянно окружена атмосферой, производившей цѣпенящее дѣйствіе на всю обстановку. Едва только она показывалась въ столовой и кухнѣ — всякіе разговоры въ тотъ-же моментъ прекращались, у матери являлся угнетенный и даже испуганный видъ, Вѣра погружалась въ пристальное чтеніе книги, а Лукерья принималась копаться надъ своею работой, какая въ ту минуту случалась у нея подъ руками — словно все и вся на время присутствія Глафиры старалось исчезнуть и дать ей забыть о своемъ существованіи на свѣтѣ... А та, безмолвная, сдержанная, смотрѣла въ пространство передъ собою сосредоточеннымъ взоромъ, какъ-бы не замѣчая, что вокругъ происходить, и то, что случайно попалось ей на глаза — лицо матери, столъ, самоваръ, канарейка — вполнѣ безразлично и въ одинаковой степени недостойно вниманія, а настоящая жизнь, которая еще можетъ ее занимать — тамъ, въ ея спальнѣ, за швейной машиной...

И все это сдѣлалось сразу, послѣ несчастной исторіи съ букетомъ Мартына Матвѣича.

Но эта исторія не имѣла мѣста въ теперешнихъ думахъ Глафиры — равно какъ и все, что относилось къ ея настоящему, точно, сама для себя неожиданно, она перешагнула нѣкую грань, отдѣлившую рѣзкой чертою все прошлое отъ того, что впереди имѣеть случиться. Это тотъ страшный моментъ, когда человѣка вдругъ поражаеть сознаніе, что его молодость кончена, что дальше биться и вѣрить безплодно, а нужно лишь ждать и мириться... Въ такія минуты онъ копается въ прошломъ и подводить итоги.

Она старая, старая... Да, она должна теперь въ этомъ сознаться!.. Что ждеть ее въ будущемъ?.. Все равно, теперь безразлично. Чему предопредѣлено судьбою случиться — того избѣжать невозможно, а минувшаго никто не въ силахъ вернуть... Да и стоить-ли даже хотѣть, чтобы оно, это минувшее, снова вернулось? Есть-ли въ немъ что нибудь, о чемъ-бы могла она пожалѣть?.. Едва-ли такое найдется!

Отца она помнитъ прекрасно, даже въ любую минуту можетъ себѣ его представить на память... Брюнетъ, невысокаго роста, съ длинными, кудрявыми, до плечъ волосами... Когда она была маленькой дѣвочкой, всѣ говорили, что она на него очень похожа. Онъ любилъ ее и она его очень любила, и постоянно, даже теперь, чтитъ его память... Уже и тогда она его понимала — а теперь... о, какъ теперь она его понимаетъ!..

Онъ не былъ обыкновенный, какъ всѣ, человѣкъ, и потому-то погибъ. Всякій на мѣстѣ его какъ-нибудь примирился-бы съ обстоятельствами, напримѣръ, поступилъ-бы на службу и плюнулъ на живопись... А вотъ онъ не хотѣлъ! Онъ былъ гордъ. Онъ все время боролся и вѣрилъ, что долженъ прославиться... И онъ-бы непремѣнно прославился, если-бы другіе его понимали, но въ томъ и бѣда, что никто его не могъ понимать! Маменька... ну, про ту и говорить уже нечего!

Густыя, зимнія сумерки. Красное зарево отъ пламени печки охватило пол-комнаты, а вокругъ нихъ темнота. Она сидитъ у отца на колѣняхъ и слушаетъ, что онъ ей разсказываетъ, въ то время какъ маменька шьетъ въ другой комнатѣ. Свѣтлая полоска изъ щели притворенной въ ту комнату двери стелется по полу, и имъ обоимъ здѣсь такъ хорошо, безъ огня, потому что они вмѣстѣ, вдвоемъ, никто ихъ не видитъ и имъ не мѣшаетъ... Отецъ разсказываетъ, какъ онъ напишетъ большую, большую картину... Глафира не помнитъ теперь, что должна была изображать эта картина — только она должна была быть непремѣнно большая и появиться на выставкѣ въ ихъ академіи, куда отецъ бралъ ее одинъ разъ и гдѣ она видѣла много народу, сколько его никогда не бываетъ на улицѣ. И весь этотъ народъ будетъ смотрѣть на картину, всѣ узнаютъ, какой папенька хорошій художникъ, и кто нибудь непремѣнно купитъ ее, а ему дадутъ много денегъ. Тогда онъ поѣдетъ вмѣстѣ съ ней заграницу, въ Италію, откуда къ намъ пріѣзжаютъ шарманщики... Это такая страна, которая совсѣмъ не похожа на нашъ Петербургъ. Тамъ никогда не бываетъ зимы и свѣтитъ постоянное солнце. Люди живутъ тамъ особенные — всѣ красавцы и всѣ играютъ и поютъ съ утра до ночи. И деревья тамъ совсѣмъ не такія, чего уже лучше — цѣлыя рощи изъ апельсиновъ, просто рви ихъ и ѣшь, какъ у насъ огурцы, а виноградъ — просто тьфу! Вотъ какая эта Италія!..— "И маменьку возьмемъ тоже съ собою?" — задаетъ вопросъ Глаша... Отецъ затрудняется немного отвѣтомъ, но затѣмъ сообщаетъ тихонько, что она останется дома, такъ какъ нужно же вѣдь кому нибудь стеречь ихъ квартиру... И дочка съ нимъ соглашается, и даже находитъ, что имъ будетъ лучше безъ маменьки, а потомъ начинаетъ себѣ представлять, какъ она гуляетъ въ лѣсу и рветъ апельсины, а вокругъ-то нея все ходятъ и играютъ шарманщики...

Чадно и душно въ квартирѣ. За столомъ, уставленнымъ тарелками, бутылками, рюмками, разные волосатые и бородатые люди, все товарищи папеньки. Пьютъ, спорятъ, кричатъ... О чемъ — понять невозможно. Всѣхъ больше кричитъ и волнуется папенька. Маменька суетится какъ угорѣлая, бѣгая безпрестанно изъ комнаты въ кухню, но на нее никто не обращаетъ вниманія. Она, Глаша, сидитъ въ уголку. Ей сильно хочется спать, но она не уходитъ, потому что на привычномъ мѣстѣ ея — на диванѣ — сидятъ теперь гости... Она старается слушать, но не въ силахъ уже будучи дольше бороться со сномъ, уходитъ изъ комнаты и ложится на широкой кровати, на которой спятъ папенька съ маменькой... Еще нѣсколько времени слышатся ей отрывками возгласы, ей даже кажется, что папенька съ кѣмъ-то поссорился — но она засыпаетъ... Пробуждается она среди тишины. Гости ушли. Папенька — пьяный, растрепанный, сидитъ одинъ за столомъ съ остатками ужина, пустыми бутылками и залитой скатертью...— "Чер-рти! Пр-роклятые!" — ругается папенька;— "х-хотѣлъ-бы я знать, кто с-съумѣетъ изъ васъ..." — Онъ ударяетъ кулакомъ по столу. Маменька начинаетъ его успокоивать.— "Ас-ставь! Ас-ставь меня! Тебѣ не понять... Знаетъ-ли ты, что вотъ здѣсь... въ этой душѣ"...— Папенька бьетъ себя въ грудь и рыдаетъ. Глаша, смотря на него, тоже принимается плакать.— "Вотъ, вотъ кто! Единственная!" — кричитъ тотъ, простирая къ ней руки.— "Приди ко мнѣ!

Солнце мое! Золото! Драгоцѣнность моя!" — И онъ ее обнимаетъ, цѣлуетъ, орошая лицо ея своими слезами и обдавая запахомъ водки — но Глашѣ это ничуть не противно, потому что она отъ него все перенести въ состояніи... Наконецъ, папеньку уложили въ постель, онъ заснулъ и храпитъ, и маменька тоже заснула, а она лежитъ и мечтаетъ о томъ, какъ она выростетъ и станетъ богатой, и какъ папенькѣ будетъ тогда хорошо... Мать свою она почему-то совсѣмъ исключала изъ этихъ мечтаній...

А унылые годы текутъ... Отецъ помрачнѣлъ, постарѣлъ, временами пьетъ мертвую, уже не собирается писать большую картину и не говоритъ про Италію. А она не падаетъ духомъ. Настанетъ время, когда все измѣнится, и имъ будетъ всѣмъ хорошо... Вѣдь, не можетъ-же вѣчно такъ продолжаться! Она не хочетъ такъ думать, она не хочетъ съ тѣмъ примириться! Она ощущаетъ въ груди своей присутствіе гордаго и мятежнаго духа, который на время таится, но рано иль поздно одолѣетъ преграды и приведетъ ее къ счастію... Иногда она долго стоитъ передъ зеркаломъ и изучаетъ лицо свое... Оно нравится ей, потому что не похоже на какое-либо изъ тѣхъ женскихъ лицъ, которыя ей приходится видѣть. Она начинаетъ кокетничать и въ каждомъ мужчинѣ привыкаетъ усматривать жертву, которую легко-бы могла покорить, если-бы только это для чего нибудь стоило дѣлать...

Умеръ отецъ. Со смертью его она почувствовала вдругъ пустоту — не горе, а именно лишь пустоту во всемъ окружающемъ, точно порвалась нѣкая связь между ею и тѣмъ свѣтлымъ будущимъ, которое она рисовала въ мечтахъ своихъ. Она была одинока...

Глафира никогда себѣ не задавала вопроса, любитъ-ли она свою мать? Фигура отца постоянно ее заслоняла, и мать все время была какимъ-то придаткомъ къ нему, имѣя значеніе по стольку, по скольку была нужна для него, а не существовала сама по себѣ... Глафира не помнила, чтобы мать когда нибудь ее приласкала. Она вѣчно лишь суетилась, тревожилась, постоянно недомогала и жаловалась... Когда отецъ, пьяный, бія себя въ грудь, восклицалъ со слезами, что онъ изъ-за нея пропадаетъ, — ей, дѣвочкѣ Глашѣ, это было совсѣмъ непонятно, и она все старалась себѣ уяснить, чѣмъ маменька передъ нимъ виновата... Однако она ему вѣрила на слово, а впослѣдствіи съ нимъ соглашалась... Мать была виновата уже тѣмъ, что онъ на ней былъ женатъ.

Тянутся годы. Вчера — какъ сегодня, сегодня — какъ завтра... А вокругъ кипитъ жизнь. Она льется сюда въ звукахъ двора, гремитъ и сверкаетъ въ движеніи улицы... Любятся, старѣются, умираютъ, рождаются... Но почему-же все это проходитъ въ сторонѣ отъ Глафиры, и она, уже старая, почти тридцатилѣтняя дѣва, сидитъ теперь, одинокая, и считаетъ годы мимо нея промчавшейся жизни?!.

Машина замолкла... Глафира склонилась надъ своею работой, стиснула голову въ обѣихъ рукахъ и сидѣла такъ долго, не шевелясь и почти не дыша...

Вокругъ тишина, словно въ могилѣ. На дворѣ тоже тихо и ничего не видать сквозь сѣрую сѣтку дождя... Слышно только, какъ онъ стучитъ о карнизъ, журчитъ, сбѣгая по водосточной трубѣ, барабанитъ въ стекла окошка — и льетъ, льетъ безъ конца...

Пустота... О, какая давящая, страшная вокругъ пустота! И вотъ теперь, когда перестало стучать колесо, она сдѣлалась еще жутче, томительнѣе, и Глафирѣ вдругъ чудится, словно какой-то невидимый огромный паукъ охватилъ ее цѣпкими лапами и сжимаетъ ей мозгъ, и проникаетъ холодомъ сердце...

Но вотъ за стѣной кто-то ходитъ. Слышно, какъ кашляетъ мать. Стучатъ тарелки и ложки. Тамъ накрываютъ на столъ.

Она чутко прислушивается... Двигаютъ стульями. Сѣли.

Она выходитъ и тоже садится на свое обычное мѣсто. Обѣдъ протекаетъ въ ненарушимомъ безмолвіи. Всѣ смотрятъ въ тарелки, и она знаетъ, что и мать, и сестра дѣлаютъ видъ, что не замѣчаютъ ея, а на самомъ дѣлѣ за нею слѣдятъ... И она сама дѣлаетъ видъ, будто не замѣчаетъ ихъ тоже, а между тѣмъ вся, всѣмъ своимъ существомъ, каждымъ первомъ своимъ, чувствуетъ всякій ихъ взглядъ, малѣйшее движеніе, шорохъ —

потому что во всемъ этомъ она читаетъ укоръ ея поведенію, безжалостному ея эгоизму, и знаетъ, что имъ, этимъ двумъ, самымъ близкимъ къ ней существамъ, тяжело ее видѣть...

Она спѣшитъ кончить обѣдъ, чтобы избавить ихъ поскорѣе отъ зрѣлища своей постылой особы, и опять надолго уединяется въ спальнѣ.

И снова стучитъ колесо, и снова она думаетъ, думаетъ...

. . . .

А вотъ и вечеръ, и ночь...

Тихо. Темно.

Она лежитъ, смотря безсонными глазами во мракъ, и прежній невидимый, огромный паукъ опять распростеръ надъ ней свои лапы, а она медленно, но неуклонно влечется въ какую-то неотвратную и неизмѣримую бездну, безъ конца и безъ края, гдѣ нѣтъ ничего, кромѣ мрака, и этотъ мракъ непрерывный и вѣчный, и самое это движеніе тоже непрерывно и вѣчно...

А мысли все бѣгутъ и бѣгутъ — безсвязныя, смутныя — и нѣтъ имъ конца, какъ нѣтъ конца этой ночи, какъ нѣтъ конца вереницѣ грядущихъ такихъ-же ночей...

Бьютъ часы за стѣною, а потомъ опять тишина... Стучитъ только дождь въ оконныя стекла — и нѣтъ ему тоже конца...

И она все не спитъ, и все смотритъ во мракъ, и все думаетъ, думаетъ, думаетъ...

XII

Затворничеству Глафиры истекла уже ровно недѣля. Раза два оно нарушалось выходами ея со двора, въ сопровожденіи узловъ, въ которыхъ она уносила часть исполненной ею работы, — а затѣмъ стукъ швейной машины возобновлялся съ прежней назойливостью.

На восьмой день, уже въ сумерки, она опять ушла изъ

дому, таща съ собой большой узелъ, который и былъ ею собственноручно взгромождень на извощика. Это видѣла Авдотья Макаровна, сидѣвшая въ лавочкѣ, въ то время какъ Глафира проходила мимо нея съ своей ношей. Затѣмъ старушкѣ удалось наблюсти (происходило все это передъ самымъ окошкомъ), какъ старшая дочь ея усѣлась рядомъ съ узломъ и уѣхала.

Погода въ тотъ памятный день немного исправилась. Дождь, лившій съ утра, къ полудню прекратился, и, хотя возобновлялся опять, съ промежутками, но не надолго, и на улицахъ теперь подсыхало.

Глафира вернулась, когда совсѣмъ ужъ стемнѣло. По обыкновенію, она, не разоблачаясь отъ верхней одежды, прошла прямо въ спальню.

Авдотья Макаровна съ Вѣрой находились въ столовой. Молодая дѣвица, при свѣтѣ близко придвинутой лампы, читала. Старушка доставала изъ шкафчика чашки и блюдца, такъ какъ было уже время пить чай...

Вдругъ изъ спальни появилась Глафира.

Мать и сестра такъ ужъ отвыкли видѣть ее въ этой комнатѣ иначе, какъ лишь за столомъ, что это простое обстоятельство теперь поразило ихъ, какъ неожиданность. Вѣра перестала читать и подняла голову. Авдотья Макаровна остановилась у шкафчика, держа въ рукахъ полоскательную чашку и сахарницу, и, не трогаясь съ мѣста, смотрѣла во всѣ глаза на Глафиру...

Она шла, держа что-то въ протянутой правой рукѣ, и, подойдя безшумными шагами, положила на столъ. Свѣтъ лампы озарилъ двѣ десятирублевыхъ бумажки.

— Маменька...— сказала Глафира — и какъ-то странно раздался звукъ ея голоса, теперь, въ первый разъ послѣ несчастной сцены съ букетомъ Мартына Матвѣича, полторы недѣли назадъ.— Маменька... вотъ... возьмите... вамъ... на хозяйство...

Она произнесла это тихо, медленно и запинаясь, словно съ усиліемъ выжимая слова.

Авдотья Макаровна молча тронулась съ мѣста, съ сахарницей и полоскательной чашкой въ рукахъ, не бросивъ взгляда на деньги, поставила то и другое на столъ и обратно направилась въ шкафчику.

Подождавъ еще немного отвѣта, Глафира низко понурилась и продолжала — такъ-же тихо, съ запинкой:

— Я не хочу быть вамъ въ тягость... Я знаю, что я — лишній ротъ... Вамъ самимъ трудно... Раньше я объ этомъ не думала... Но теперь такъ не будетъ... Я буду работать... На сколько лишь въ силахъ...

Глафира не успѣла докончить, потому что старушка вдругъ вся покраснѣла, раскашлялась и съ какимъ-то испугомъ замахала руками.

— Ненужно, ненужно! — торопливо залепетала она, все махая руками, точно желая отъ чего-то отдѣлаться; — ненужно мнѣ твоихъ денегъ!.. И съ работой... Богъ съ ней, съ твоею работой! День деньской этотъ стукъ... Голову всю разломило... Вонъ и Вѣрушка тоже... Измучила насъ ты совсѣмъ со своею работой... Ненужно, ненужно!

Лицо Глафиры покрылось смертною блѣдностью, а глаза ярко блеснули... Такъ всегда съ нею бывало передъ бурною вспышкой... Но теперь вышло совершенно обратное. Взоръ ея тотчасъ потухъ, и вся она точно въ одинъ мигъ постарѣла... Она взглянула на мать (которая при этомъ отъ нея отвернулась), потомъ на сестру (та покраснѣла и уткнула носъ въ книгу) — и угасшимъ голосомъ молвила:

— Какъ хотите... Богъ съ вами...

Она повернулась и вышла изъ комнаты.

Больше не сказано было ни слова — и обычное безмолвіе снова водворилось въ квартирѣ...

Машина уже не стучала и полный мракъ царствовалъ въ спальнѣ.

Глафира не зажигала огня и лежала, уткнувшись въ подушку.

Каждый звукъ за стѣною отчетливо отдавался въ ушахъ ея.

Вотъ Лукерья принесла самоваръ, поставила его на подносъ и ушла... Слышно, какъ мать заливаетъ чай кипяткомъ изъ подъ крана... Скрипнулъ стулъ: это Вѣра усѣлась на свое всегдашнее мѣсто. Вотъ затѣмъ шепотъ... Словъ не слыхать, но Глафира догадывается, что это мать и сестра переговариваются между собою о томъ, кому изъ нихъ звать ее къ чаю. Одна посылаетъ другую...

"Подойдетъ сейчасъ Вѣра", — рѣшаетъ Глафира.

И дѣйствительно, дверь въ спальню скрипнула и голосъ сестры робко сказалъ:

— Глаша... Пить чай...

Глафира отвѣтила:

— Я не хочу.

Она перемѣнила положеніе свое на кровати и легла по обычаю навзничь, вытянувъ ноги и закинувъ руки за шею.

Ни одной мысли не было въ ея головѣ. Сердце стучало ровнымъ, неторопливымъ біеніемъ, и Глафира слышала звуки, которыхъ совсѣмъ не существовало вокругъ, но которые она все-таки отчетливо слышала: мѣрные, однообразные звуки, повторявшіеся послѣ одинаковыхъ небольшихъ промежутковъ, будто мѣрное колебаніе волнъ какой-то рѣки, непрерывно ударявшихся въ берегъ... А вокругъ опять пустота, безъ конца и безъ края, а за нею опять ничего, кромѣ вѣчнаго мрака...

Самоваръ былъ давно унесенъ. Вѣра, одна, за столомъ, читала у лампы. Она не слыхала, какъ скрипнула дверь и изъ спальни опять появилась Глафира.

Она была одѣта для выхода — въ пальто и соломенной шляпкѣ. Лицо ея было совершенно безкровное и неподвижное, какъ у покойницы. Только глаза ярко блестѣли и смотрѣли прямо впередъ.

Глаза эти сперва устремились къ столу. Деньги, двѣ десятирублевыхъ бумажки, лежали по прежнему, какъ были положены...

Ни малѣйшаго признака какого-бы то ни было чувства, волненія, не выразилось на лицѣ старой дѣвицы. Оно осталось безкровнымъ и каменнымъ. Безшумно, какъ тѣнь, Глафира медленно продолжала подвигаться впередъ.

Проходя мимо сестры, она на секунду пріостановила шаги... Казалось, въ ней было желаніе что-то сказать, ожиданіе, что та, хотя на минуту, оторвется отъ чтенія, взглянетъ... Но Вѣра не подняла головы, очевидно, совсѣмъ не замѣчая Глафиры.

Она вошла въ помѣщеніе лавочки. Авдотья Макаровна сидѣла за прилавкомъ, на стулѣ, съ низко опущенной головой въ старушечьемъ чепчикѣ и прилежно двигала чулочными спицами...

Глафира опять замедлила на секунду шаги, будто желая сказать что-то матери, или ожидая, что та замѣтитъ ее... Но та, какъ и Вѣра, продолжала невозмутимо двигать чулочными спицами, тоже повидимому не замѣчая Глафиры.

Она тронулась съ мѣста и съ тѣмъ-же блѣднымъ, окаменѣвшимъ лицомъ потянула къ себѣ ручку двери... Колокольчикъ задребезжалъ, дверь отворилась, хлопнула и скрыла Глафиру.

На улицѣ сверкалъ газъ въ фонаряхъ и окнахъ магазиновъ и лавокъ, стучали колеса извощиковъ и сновали прохожіе...

Было уже около одиннадцати часовъ вечера.

XIII

— Стёпа, еще бутылочку... А?

— Довольно, я больше не буду!

— Послѣднюю! Стёпа!

— Отстань, Иванъ Еремеичъ! Пора по домамъ!

— Ну, и прекрасно... отстану!.. Эхъ, Стёпа, Стёпа! Стыдно, голубчикъ! А говоришь еще, что любишь меня!

Иванъ Еремеичъ патетически покачалъ головою и мрачно поникъ надъ столомъ. Онъ былъ огорченъ.

Разговоръ происходилъ между двумя господами приличнаго вида въ ресторанѣ подъ вывѣской "Вѣна", на углу Малой Морской и Гороховой. Сидѣли они въ маленькомъ зальцѣ съ органомъ и, судя по сильно запачканной скатерти, мѣстами залитой краснымъ виномъ, успѣли съѣсть и выпить порядочно.

Повидимому, оба они были между собою большими пріятелями, хотя трудно бы было подыскать другихъ двухъ субъектовъ, такъ рѣзко противоположныхъ другъ другу.

Одинъ, — котораго его собесѣдникъ величалъ уменьшительнымъ именемъ Стёпы, былъ господинъ лѣтъ сорока, чистаго петербургскаго типа, одѣтый по модѣ, съ иголочки, съ той благородной простотой, которая, съ одной стороны, разсчитана обозначать человѣка вполнѣ comme-il-faiit, а съ другой — доступна при экономическихъ средствахъ. Тощій, съ землисто-блѣднымъ, но довольно красивымъ лицомъ, по которому жидкими рыжеватыми кустиками кое-гдѣ пробивалась растительность, между тѣмъ какъ на вискахъ и на темени волосы сильно уже порѣдѣли, съ сдержаннымъ и холоднымъ апломбомъ въ манерахъ, онъ съ перваго взгляда представлялъ изъ себя экземпляръ безнадежнаго холостяка, одиноко живущаго въ приличной меблированной комнатѣ у какой-нибудь чопорной нѣмки, распредѣлившаго весь свой обиходъ по разъ навсегда опредѣленной программѣ и хотя дозволяющаго себѣ иногда и кутнуть, но въ томъ только случаѣ, если это ничему не мѣшаетъ и, еще лучше, если это можетъ быть сдѣлано на чей нибудь счетъ… Теперь онъ былъ пьяноватъ, но въ немъ это не было видно. Маленькіе оловянные глазки его глядѣли, какъ всегда, спокойно и ясно, языкъ произносилъ слова твердо, и только лицо было покрыто неровными красноватыми пятнами. Выраженіе его было брюзгливо-скучающее. Онъ, очевидно, усталъ и начиналъ тяготиться своимъ компаньономъ…

Физіономію этого послѣдняго можно было назвать вполнѣ поразительной по той огромной массѣ растительности, которая у него въ изобиліи лѣзла повсюду, гдѣ ей было назначено по законамъ природы — въ видѣ косматой шапки волосъ, исполинскихъ бакенбардъ и усовъ, и широчайшихъ бровей, сросшихся вмѣстѣ надъ переносьемъ. Изъ всего этого лѣса волосъ выдѣлялись лишь длинный, горбатый носъ, да пара огромнѣйшихъ глазъ съ черными зрачками, которые, словно шары, катались въ синеватыхъ бѣлкахъ. Онъ былъ черенъ какъ жукъ, и съ его свирѣпой наружностью совершенно не ладилъ плотно облегавшій его мощный торсъ кургузый пиджакъ съ падавшими на лацкана концами пестраго, повязаннаго бабочкой галстуха, такъ что этого господина можно было принять за бандита, промѣнявшаго по какимъ-то причинамъ свой живописный плащъ и сомбреро на прозаическій костюмъ мирнаго жителя. Таково было впечатлѣніе по первому взгляду. При болѣе внимательномъ разсмотрѣніи онъ оказывался однимъ изъ добродушнѣйшихъ смертныхъ, особенно въ данный моментъ, когда онъ охмѣлѣлъ и раскисъ, уныло поникнувъ своимъ классическимъ носомъ надъ опустѣлымъ стаканомъ. Одно, что можно было сказать про него, не боясь ошибиться, — это — что онъ происхожденія не русскаго, какъ оно и было въ дѣйствительности. Не смотря на то, что онъ носилъ довольно тривіальное имя — Иванъ Еремеичъ и исповѣдывалъ православную вѣру, фамилія его была — Равальякъ, какъ звали знаменитаго іезуита, подъ ножомъ котораго палъ французскій король Генрихъ IV и которому онъ чуть-ли не приходился сродни. Занималъ онъ должность бухгалтера одной большой торговой фирмѣ на Невскомъ. Что касается его собесѣдника, то онъ служилъ тамъ-же кассиромъ. Звали его — Степанъ Николаичъ Чепыгинъ.

Сидѣли они за столомъ близъ органа. Чепыгинъ комфортабельно покоилъ свое тщее тѣло на мягкомъ диванѣ. Равальякъ, vis-à-vis, помѣщался на стулѣ. Кромѣ нихъ, въ этой комнатѣ былъ еще толстый и сѣдой господинъ, сидѣвшій въ углу, у окошка, передъ остатками какой-то съѣденной порціи и читавшій внимательно у свѣчки газету. Люстра изъ лампъ безмятежно мерцала подъ потолкомъ. Органъ былъ безмолвенъ.

Вдругъ послышался шумъ и появились мужчина и дама... Первый былъ совсѣмъ юноша цвѣтущаго вида; его спутница — нѣжная блондиночка, одѣтая со вѣсомъ и очень шикарно... Оба остановились и нерѣшительно озирались по сторонамъ. Подскочившій къ нимъ безукоризненно-приличный лакей почтительно стоялъ въ ожиданіи.

Чепыгинъ тотчасъ-же вскинулъ на носъ пенснэ и принялся созерцать ихъ обоихъ. Равальякъ всѣмъ туловищемъ повернулся въ ихъ сторону и вращалъ своими шарами. Господинъ у окна прекратилъ свое чтеніе и тоже наблюдалъ эту пару.

— Нѣтъ, нѣтъ, я здѣсь не хочу, — сказала вполголоса своему кавалеру блондинка, недовольно нахмурясь при видѣ произведенной сенсаціи. — Уйдемте отсюда!

— Въ отдѣльный кабинетъ неугодно-ли? — предложилъ человѣкъ.

— Да-да-да, въ кабинетъ! — самостоятельно подхватилъ юноша цвѣтущаго вида — и оба быстро скрылись въ дверяхъ.

— Хор-рошенькая, чортъ побери! — произнесъ Равальякъ, потомъ съ какой-то мрачной рѣшимостью стукнулъ кулакомъ по столу, схватилъ колокольчикъ и затрезвонилъ. — Еще бутылку! — заявилъ онъ подскочившему къ нему человѣку, — и поставьте тамъ — на машинѣ... что нибудь эдакое!.. — прищелкнулъ онъ пальцами и запѣлъ, мотая косматой своей головой, начало куплета знаменитой тогда шансонетки "L'amour", исполнявшейся дѣвицей Филиппо въ "Демидронѣ" и сводившей съ ума петербуржцевъ:

L'amour qu'est ce donc ue cela!
Oh la li,
Oh la li..

— Ты никакъ ошалѣлъ? — возмутился Чепыгинъ, въ то время какъ человѣкъ побѣжалъ исполнять приказаніе.

— Стёпа! Стёпа! Голубчикъ!.. Оставь!.. Ну, чего ты, право, чего? Ну, который часъ, ну, который — скажи?

— Четверть одиннадцатаго! — отвѣтилъ Чепыгинъ, взглянувъ на свой золотой массивный хронометръ.

— И отлично! Чего тебѣ не сидится?.. Жена дома ждетъ?..

А?.. Ты счастливецъ! Одинъ!.. Вотъ я — дѣло другое! Скоро вѣдь она ужъ родить у меня... Седьмого, голубчикъ!.. А я сижу вотъ здѣсь, пьянствую... Развѣ я не подлецъ?.. Подлецъ и мерзавецъ!

Равальякъ снова поникъ-было своимъ римскимъ носомъ, но тотчасъ-же встрепенулся, щелкнулъ пальцами и, замотавъ головою, пропѣлъ подъ звуки заигравшаго въ эту минуту органа:

> Когда супругъ
>
> Захочетъ вдругъ
>
> Домой случайно поспѣшить...

Онъ наполнилъ стаканы виномъ изъ только что принесенной бутылки, чокнулся со стаканомъ Чапыгина, выхлебнулъ изъ своего почти половину и воскликнулъ:

— Да, ты счастливецъ! Ты и самъ даже не знаешь, какой ты счастливецъ!.. Вотъ мы выпьемъ и пойдемъ по домамъ... Я попру на Петербургскую сторону... Приду... Дѣти спятъ, жена ждетъ, киснетъ, не въ духѣ... А ты? Пойдешь домой, небось? Разсказывай, какже!.. Держу пари, что еще на дорогѣ подхватишь какую нибудь славную штучку... О, ты вѣдь шельма! Молчи!

Равальякъ лукаво погрозилъ своему собесѣднику. Тотъ пренебрежительно дернулъ плечомъ и молча прихлебнулъ изъ стакана..

— Ты бабникъ, я знаю!.. И чортъ тебя знаетъ, какъ тебѣ удается? Всѣмъ вѣдь извѣстно, что ты на этотъ счетъ молодецъ... Какъ тебѣ удается? А? Скажи, ну, скажи?— приставалъ Равальякъ, съ пылающимъ лицомъ заёрзавъ на стулѣ и вращая своими шарами...

Чепыгинъ самодовольно осклабился, показавъ скверные зубы (онъ очень любилъ, когда называли его сердцеѣдомъ),— и молвилъ:

— Это, братецъ, секретъ!

— Какой, какой? Ну, скажи!

— Хм!— сдѣлалъ Чепыгинъ, съ апломбомъ разглаживая свои жиденькіе, кустистые бачки; — для этого, любезнѣйшій мой, должно обладать талантомъ отъ Бога... Во-первыхъ, нѣтъ на свѣтѣ ни одной такой женщины, которая-бы могла устоять...

— Это ты врешь!

— Вѣрно тебѣ говорю... Вся штука — съ какой стороны подойти, гдѣ ея слабая струнка... Нашелъ — дѣло въ шляпѣ!

— Но это, вѣдь, подлость, что ты говоришь! Чортъ возьми! Неужели это твой искренній, искренній взглядъ на всѣхъ женщинъ?!

— Это, братецъ, священная истина, подтвержденная моей долговременной практикой...

— Ты — свинья!— воскликнулъ горячо Равальякъ, треснувъ кулакомъ по столу, такъ что бутылка съ виномъ закачалась.

— Тсс, не бушуй!— остановилъ его собесѣдникъ.— Что тебя разобрало? Чего ты ко мнѣ привязался?..

Равальякъ сидѣлъ глубоко понурившись и кивая своей косматой головой надъ стаканомъ.

— Ха-ха-ха!— засмѣялся Чепыгинъ; — ты, братецъ, не огорчайся моими словами, пожалуйста... Я, вѣдь, циникъ, какъ ты самъ знаешь отлично, а ты — строгій и нравственный семьянинъ, каковымъ и дай тебѣ Богъ до самой смерти остаться...

Равальякъ поднялъ вдругъ голову, влажнымъ и цѣпенѣющимъ взоромъ подвыпившаго посмотрѣлъ на пріятеля, залпомъ допилъ стаканъ, наполнилъ его снова виномъ, осушилъ сразу до дна и издалъ глубокій, страдальческій вздохъ изъ своей богатырской груди...

— Да, братъ.... Двадцать ужъ лѣтъ... Ахъ-ха-ха!.. Buvons sec, чортъ побери!

Онъ протянулъ-было руку къ бутылкѣ, но вмѣсто нея схватилъ колокольчикъ, позвонилъ со всей силой и обратился свирѣпо къ появившемуся въ тотъ-же моментъ человѣку:

— Отчего органъ не играетъ? Двадцать разъ повторять вамъ, чортъ побери!

Лакей побѣжалъ и поставилъ изъ "Травіаты". Подъ

меланхолически-ноющіе звуки ея, Равальякъ тяжко облокотился обѣими руками на столъ и спряталъ въ нихъ голову, не то переживая въ душѣ чувство глубокой и сосредоточенной скорби, не то готовясь къ признаніямъ... Посидѣвъ такъ нѣсколько времени, онъ вдругъ поднялъ лицо, прежнимъ влажнымъ и цѣпенѣющимъ взоромъ уставился прямо въ глаза своему собесѣднику и задалъ вопросъ:

— Ты знаешь жену?

— Твою Анну Егоровну? Какже!

— Что ты можешь сказать про нее?

— Прекрасная женщина... Я очень ее уважаю!

— А я бо-го-тво-рю ее... Понимаешь?.. Нѣтъ лучше на свѣтѣ ея никого... Знаешь ты это?!

Чепыгинъ не возражалъ. Равальякъ треснулъ кулакомъ по столу и прибавилъ торжественно:

— Во всю нашу жизнь я не измѣнилъ ей ни разу!.. Понимаешь ты это?.. Ни разу!!.. Что ты можешь отвѣтить?

Чепыгинъ молчалъ.

— А между тѣмъ — я несчастенъ!! — заключилъ Равальякъ и снова умолкъ, спрятавъ голову въ руки...

— Гм! — сдѣлалъ Чепыгинъ, какъ человѣкъ, ожидающій дальнѣйшихъ признаній, которыми Равальякъ не замедлилъ.

Онъ неожиданно взъерошилъ свою косматую шапку волосъ, которые и безъ того торчали у него во всѣ стороны, и воскликнулъ запальчиво:

— Ты можешь понять?.. Нѣтъ, ты не можешь понять!.. Выпьемъ!.. Не хочешь? Ну, и не нужно, я выпью одинъ!

Онъ лихорадочно налилъ стаканъ свой виномъ, осушилъ его залпомъ, стукнулъ о столъ его донышкомъ и продолжалъ, заёрзавъ на стулѣ, вращая на пріятеля своими шарами, какъ-бы его распекая, и колотя себя въ грудь:

— Здѣсь червь сидитъ, червь... Понимаешь ты это?! Никогда не говорилъ никому, а теперь я скажу!.. Моя Анюта святая... Я ее обожаю! Кто смѣетъ сказать, что это не такъ? Если бы кто осмѣлился ее оскорбить... О, чортъ побери! Р-разорву, задушу вотъ этими своими руками!.. А между тѣмъ — все не то, брать, не то!.. Она не по мнѣ! Я хуже ея въ тысячу разъ, я дрянь, скотъ, все что хочешь — но она не по мнѣ!.. Охъ, эти русскія женщины — великое несчастіе въ нихъ!.. Возьми ты итальянку, испанку, француженку... про нѣмокъ молчу, тѣ — кухарки... возьми любую европейскую женщину... Она — огонь, страсть, увлеченіе!.. Возьми ты теперь нашу несчастную русскую... Она терпѣлива, скромна, цѣломудрена... Да чортъ-ли въ томъ? Домашній очагъ!.. Ха-ха-ха! Да развѣ я не понимаю самъ, что такое домашній очагъ?.. Развѣ я не забочусь?.. Я мальчишкой началъ себѣ хлѣбъ зарабатывать, я зналъ все — нужду, униженіе, голодъ!.. И вотъ я теперь обезпеченъ, семья у меня обута, одѣта, ни въ чемъ не нуждается... Развѣ я плохой семьянинъ? Нѣтъ, скажи мнѣ сейчасъ, положа руку на сердце и вполнѣ откровенно — я плохой семьянинъ? А? Плохой? Плохой? Говори!

— Кто-же считалъ тебя плохимъ семьяниномъ? Ты напрасно волнуешься, — утомленнымъ голосомъ отозвался Чепыгинъ, судорожно подавляя зѣвоту, между тѣмъ какъ пріятель его весь кипѣлъ и пылалъ въ жару откровенныхъ признаній.

— Двадцать лѣтъ! Двадцать лѣтъ! — восклицалъ Равальякъ, потрясая надъ головой кулакомъ. — Двадцать лѣтъ ношу я хомутъ — и хоть бы разъ испыталъ истинную женскую страсть!.. Можешь-ли ты это понять?... Нѣтъ, гдѣ тебѣ это понять!.. У меня воображенье, поэзія... Знаешь-ли, знаешь-ли ты, что иногда чортъ знаетъ на что я готовъ?!. И прозябать такимъ образомъ... Тянуть канитель... Нѣтъ, ты не испыталъ никогда!.. Ты думаешь, что я совсѣмъ пьянъ?.. Ошибаешься, братъ!.. Хорошо, пусть даже и пьянъ... я согласенъ... только я все знаю и понимаю, что сдѣлаю... Вотъ даю тебѣ мое честное слово, что когда-нибудь ты самъ убѣдишься... Да, ты увидишь!.. Рано иль поздно, я размозжу себѣ черепъ!!..

Закончивъ этимъ страшнымъ признаніемъ, Равальякъ мрачно понурился, затѣмъ схватилъ быстро бутылку — но она оказалась пустою. Онъ стукнулъ ею о столъ.

— Бутылку! Живѣе!

— Стопъ!— воскликнулъ Чепыгинъ.— Нѣтъ, дружокъ, это ужъ дудочки... Счетъ!— обратился онъ къ человѣку.

Равальякъ не издалъ ни единаго звука протеста, только откинулся спиною на стулъ и, пока Чепыгинъ просматривалъ счетъ, сидѣлъ не шелохнувшись, поникнувъ своимъ римскимъ носомъ, насупивъ косматыя брови и исподлобья таращя на какой-то неопредѣленный предметъ пару своихъ черныхъ шаровъ... Онъ имѣлъ теперь страшный видъ человѣка, который обдумываетъ — сейчасъ-ли привести въ исполненіе только что высказанное роковое рѣшеніе, или отложить до болѣе удобнаго случая, а не то, можетъ быть, всего лучше, просто на просто перерѣзать кому-нибудь горло...

— Плати!— сурово обратился Чепыгинъ къ пріятелю и внимательно принялся слѣдить за движеніями его толстыхъ пальцевъ, непослушно справлявшихся съ пачкой кредитокъ, вытащенныхъ имъ изъ большого бумажника. Когда за все было уплочено и лакею дано на чай, Чепыгинъ буркнулъ тѣмъ же суровымъ и лаконическимъ тономъ: — Вставай!

Равальякъ послушно поднялся со стула — и въ ту же минуту, вмѣсто свирѣпаго и даже зловѣщаго, вдругъ получилъ комическій видъ. Дѣло въ томъ, что онъ былъ невысокаго роста, причемъ его массивное туловище, увѣнчанное большой головой съ дико-живописною ея шевелюрою, внезапно оканчивалось коротенькими и даже кривоватыми ножками, напоминая собою тѣ французскія каррикатуры на великихъ людей, гдѣ они изображаются состоящими изъ одной головы, поставленной на точно такихъ маленькихъ ножкахъ...

Но это отнюдь ему не мѣшало сохранять все тотъ же зловѣще-рѣшительный видъ, пока онъ плелся, чуть-чуть спотыкаясь, за своимъ компаньономъ, который твердой стопою направлялся къ швейцарской.

Когда они поровнялись съ дверью одного изъ кабинетовъ, выходившихъ на площадку спускавшейся къ выходу лѣстницы, туда вошелъ человѣкъ, неся на подносѣ фрукты и бутылки съ виномъ, очевидно для приготовленія крюшоновъ... Онъ оставилъ дверь непритворенной и въ открытое пространство ея оба пріятеля увидѣли давишнюю хорошенькую блондиночку, непринужденно раскинувшуюся на спинкѣ дивана, а рядомъ съ ней, за столомъ — юношу цвѣтущаго вида. Онъ что-то ей говорилъ, а она заливалась смѣхомъ, какъ колокольчикъ — и оба они, несомнѣнно, чувствовали себя очень пріятно...

Равальякъ, отвѣсивъ въ сторону парочки граціозный поклонъ, послалъ поцѣлуй на кончикахъ пальцевъ и пропѣлъ, сопровождая слова легкимъ канканчикомъ:

L'amour qu'est ce donc que cela!
Oh la li,
Oh la li,
Oh la li lon la!..

— Не дури! — остановилъ его мрачно Чепыгинъ, который молчалъ и былъ золъ, чѣмъ всегда выражалось его опьяненіе.

Внизу, у двери подъѣзда, швейцаръ подалъ имъ верхнее платье — и затѣмъ оба они очутились на улицѣ.

На прощанье, Равальякъ сжалъ въ объятіяхъ Чепыгина, видимо покушаясь облобызаться, если-бы тотъ со своей стороны обнаружилъ то-же желаніе. Но пріятель былъ по прежнему золъ, молчаливъ и хотѣлъ поскорѣй отвязаться; онъ ограничился тѣмъ, что пожалъ ему руку и лаконически буркнулъ:

— Прощай.

— Ты домой? А? Домой? — допрашивалъ его, не выпуская изъ объятій своихъ, Равальякъ. — Врешь... Ой, врешь!.. Лучше признайся!..

— Перестань болтать вздоръ! Ступай съ Богомъ домой... Не растянись, смотри, только... Извощикъ!

— Я не растянусь, будь спокоенъ... А вотъ ты... Такъ вотъ ты... Просто ты... Прощай! — круто оборвалъ Равальякъ, отвернулся и пошелъ прочь отъ товарища. Онъ почувствовалъ себя глубоко обиженнымъ...

Онъ слышалъ, какъ задребезжали колеса пролетки, увозившей Чепыгина, но не обернулся и не взглянулъ на него, когда тотъ обгонялъ его на извощикѣ, только нахлобучилъ на лобъ цилиндръ и, не совсѣмъ твердымъ шагомъ, грузно опираясь на зонтикъ, повернулъ по направленію къ Морской...

XIV

Чувство обиды, впрочемъ, у него скоро разсѣялось. Въ сущности, если говорить откровенно, онъ былъ даже доволенъ, что такъ скоро разсталса съ пріятелемъ. Дѣло въ томъ, что онъ держалъ въ головѣ нѣкій умыселъ, въ которомъ ни за что бы не открылся Чепыгину...

Трудно сказать, въ какой моментъ зародился въ немъ этотъ умыселъ, какъ онъ созрѣлъ и превратился въ рѣшимость. Это вышло совсѣмъ неожиданно, какъ неожиданно Равальякъ сегодня напился.

Сегодня онъ получилъ свое жалованье. Видъ пачки кредитокъ привелъ его къ мысли угостить обѣдомъ пріятеля. Отсюда прямой результатъ, что они по окончаніи занятій въ конторѣ поѣхали въ "Вѣну". Здѣсь они пообѣдали, причемъ выпили водки; тотчасъ явилась бутылка вина, другая и третья, затѣмъ изліянія сердца, сознаніе неудовлетворенности въ жизни, жажда женской любви и проч., и проч.,— словомъ, все то, что изображено только что выше... Оставалось лишь ѣхать домой, на Петербургскую сторону — и вдругъ, въ тотъ самый моментъ, когда Равальякъ очутился на улицѣ и остановился у подъѣзда, чтобы проститься съ пріятелемъ, онъ ощутилъ страшное нежеланіе возвращаться къ пенатамъ, именно сейчасъ, послѣ всѣхъ пережитыхъ впечатлѣній отъ разговоровъ, звуковъ органа, блондинки и проч., и потребность остаться пока въ одиночествѣ, чтобы утишить бурное волненіе крови...

Онъ вздохнулъ всѣми легкими, сдвинулъ цилиндръ на затылокъ и разстегнулъ на распашку пальто и пиджакъ, словно все это душило его...

Въ головѣ его была страшная каша. Тамъ кружились

обрывками мысли о домѣ, женѣ, которая ходитъ теперь на седьмомъ уже мѣсяцѣ и которая ждала его сегодня къ обѣду, представлялась тишина спящей квартиры, вспоминались фразы Чепыгина, увѣрявшаго, будто на свѣтѣ нѣтъ женщины, которую нельзя-бы было склонить на паденіе, возникали мысли объ этомъ самомъ Чепыгинѣ, о томъ, что онъ дѣйствительно циникъ, даже просто свинья, если сознаться, хотя и пріятель, о томъ, какая пикантная эта блондиночка давишняя и какъ хорошо было бы, если...

"Ф-фу!" — отпыхнулся онъ, совсѣмъ задыхаясь, снялъ свой цилиндръ и нѣсколько времени шелъ непокрытый, освѣжая пылавшую голову.

Совершенно для него безотчетно, ноги принесли его на Большую Морскую.

Ночь была тихая, теплая. Съ утра перемежавшійся дождь, вѣроятно, давно прекратился, судя по сухимъ тротуарамъ. Лохмотья разорванныхъ тучъ медленно плавали по небу, отъ времени до времени заслоняя луну, но та ярко, упорно, продолжала свѣтить, какъ-бы желая перещеголять фонари, которые стыдливо мерцали вдоль улицъ, но тотчасъ-же вдругъ ободрялись, яснѣли, когда заключившія съ ними очевидный заговоръ тучи погашали луну — и въ этой борьбѣ луны съ фонарями все вокругъ дышало какою-то призрачной, таинственной жизнью... Тѣни удлиннялись и исчезали, очертанія крышъ уходили вдругъ въ небо.

Равальякъ вышелъ на Невскій и повернулъ къ Полицейскому мосту. Теперь еще больше онъ сознавалъ невозможность вернуться домой и въ то-же самое время испытывалъ томительное чувство полнаго своего одиночества и потребность во что бы ни стало нарушить его...

Въ нѣсколькихъ шагахъ, впереди, мелькала фигура. Она шла ровнымъ и медленнымъ шагомъ. То была женщина — высокаго роста, тонкая, стройная. Она должна была быть молода, судя по походкѣ, въ которой было для него что-то неодолимо-притягивающее, что-то зовущее... Онъ прибавилъ шагу, догналъ, поровнялся и заглянулъ ей въ лицо. Она тотчасъ остановилась и воззрилась на него прямо, въ упоръ. Онъ тоже остановился и тоже уставился на нее своими шарами, которые дико вращались подъ навѣсомъ широкихъ бровей...

Да, она была молода. Она была брюнетка, съ блѣднымъ лицомъ, на которомъ ярко алѣли маленькія, пухлыя губы... Сердце шибко-пшбко заколотилось въ груди Равальяка...

Вдругъ она быстро попятилась, будто въ испугѣ, и произнесла совсѣмъ неожиданно:

— Чего выпятилъ буркалы?... Ахъ, ты, коротышка!..

И съ этими словами она помчалась впередъ...

Онъ словно упалъ съ облаковъ. Грубая фраза была сказана сиплымъ, совсѣмъ мужскимъ голосомъ... Ему показалось, что онъ вдругъ протрезвѣлъ.

Онъ тронулся машинально впередъ и дошелъ до Казанскаго моста. Шаги его были совершенно тверды и мысли болѣе стройно вязались въ его головѣ. А все-таки домой ему еще не хотѣлось... Ему нужно было совсѣмъ утомиться, умаяться, хотя-бы ходьбою, ему нужно было движеніе — а лучше всего, если бы вдругъ по дорогѣ встрѣтилось какое-нибудь приключеніе, скандалъ, въ который можно-бы было ввязаться, покричать, побраниться, а затѣмъ сѣсть на извощика и ѣхать домой.

Но такъ какъ никакого скандала вдали не предвидѣлось, то онъ рѣшилъ сдѣлать маленькій крюкъ, дойти до Лѣтняго сада, потомъ тронуться въ обратную сторону, по Гагаринской набережной и черезъ Троицкій мостъ пѣшкомъ придти на Петербургскую сторону.

Онъ повернулъ на Екатерининскій каналъ.

Здѣсь было тихо. Прохожихъ совсѣмъ почти не встрѣчалось. Кое-гдѣ попадался, подъ фонаремъ, у тротуара, дремлющій на своей пролеткѣ извощикъ. Дворники спали у воротъ на скамейкахъ.

Равальякъ подвигался впередъ.

Онъ подходилъ уже къ перекрестку, и вдругъ услышалъ полицейскій свистокъ, а въ нѣсколькихъ саженяхъ отъ себя увидалъ группу людей, тѣснившихся у рѣшетки канала, гдѣ, очевидно, что-то случилось... Онъ поспѣшно туда устремился.

Одновременно съ нимъ, къ тому-же самому мѣсту, торопливо шагалъ черезъ улицу, стуча по мостовой сапожищами, дюжій дворникъ, привлеченный свисткомъ отъ воротъ ближайшаго дома.

Дѣло происходило у спуска къ водѣ, при самомъ началѣ мостковъ, которые устраиваются для соединенія набережной съ барками дровъ, во множествѣ появляющимися въ осеннюю пору на петербургскихъ каналахъ и по которымъ дрова перевозятся артелью на тачкахъ, для нагрузки возовъ, отправляющихъ ихъ куда слѣдуетъ. Очевидно, на баркѣ случилось нѣчто, переполошившее всѣхъ мужиковъ, которые гурьбою тѣснились вокругъ полицейскаго.

Центромъ вниманія были босой, низкорослый мужикъ, съ большимъ волненіемъ что-то разсказывавшій и, рядомъ съ нимъ, вся мокрая (на сколько можно было судить, при двойномъ освѣщеніи фонаря и луны, по лужѣ воды, обрисовавшейся у нея подъ ногами) женщина, одѣтая "по господски", въ пальто, но безъ шляпы, съ слипшимися и безпорядочно падавшими на лицо волосами. Она изнеможенно сидѣла на тумбѣ и смотрѣла пристально въ землю, вся дрожа мелкою, лихорадочною дрожью, но видимо равнодушная къ скучившейся около нея гурьбѣ мужиковъ, равнодушная и къ тому, что съ мокрой одежды ея текла ручьями вода, а платье плотно облѣпило ей ноги... Она-то и оказывалась очевидной причиной сенсаціи.

Это была наша Глафира...

— Лежу и все слышу... Дремать уже сталъ... — разсказывалъ низкорослый мужикъ. — Только, съ чего ужъ, не знаю — ровно что толкнуло меня... По доскамъ-то, слышу, бѣжитъ ровно кто... скоро бѣжитъ таково... топъ-топъ-топъ ногами-то, значитъ... Думаю — воръ. Нѣтъ, братъ, шалишь... Гляжу — барыня!.. Вскочилъ это я, смотрю, что ей такое занадобилось — анъ она околъ дровъ пробирается, потомъ остановилась — бултыхъ! — только и видѣлъ! Тутъ я дядю Акима поскорѣй разбудилъ — "женщина, кричу, у насъ сейчасъ бросилась!" — самъ рубаху съ портками долой — да за нею...

Одна ейная шляпа плыветъ по водѣ... А потомъ, смотрю, вынырнула... Барахтается... Я ее сейчасъ, значитъ, за косу!.. Держу, не пущаю... Тутъ Акимъ подалъ багоръ. Ухватился я рукой за багоръ, а другою-то, значитъ, рукою ее самое держу, не пущаю... Ну, а тутъ ужъ къ берегу близко, Акимъ тоже сейчасъ подбѣжалъ и вдвоемъ ужъ мы вытащили... Вотъ и Акимъ тоже самое скажетъ!

— Это все такъ точно, дѣйствительно!— подтвердилъ тотчасъ Акимъ, худой, черноватый мужикъ, и прибавилъ, оглянувшись на остальныхъ мужиковъ:— Вѣдь вотъ грѣхъ какой!

И всѣ съ суровыми лицами принялись смотрѣть на Глафиру.

Группа между тѣмъ увеличивалась. Подошелъ еще дворникъ, въ тулупѣ. Остановился прохожій пьяноватый субъектъ неопредѣленнаго званія.

— Какъ звать? Гдѣ живете?— обратился блюститель порядка къ Глафирѣ, тронувъ ее за плечо.

Та взглянула на него растеряннымъ взоромъ, какъ-бы теперь только очнувшись, и приподнялась было съ тумбы, съ очевиднымъ желаніемъ скрыться.

— Нѣтъ, ты постой! Нѣтъ, ты погоди!— разсвирѣпѣлъ вдругъ низкорослый мужикъ, опуская руки на плечи Глафиры, словно онъ былъ охотникъ, отъ котораго ускользала добыча.— Отвѣчай, значитъ, что тебя начальство спрашиваетъ!

— Оставьте меня...— прошептала Глафира, силясь освободиться изъ дюжихъ рукъ мужика.

— Нѣтъ, ты посто-о-ой! Дядя Акимъ, придержи!

— Въ участокъ ее, что тутъ разговаривать!— замѣтилъ пьяноватый субъектъ неопредѣленнаго званія.— Протрезвится тамъ въ лучшемъ видѣ!

— Посторонитесь-ка малость!— заявилъ начальственно блюститель порядка, беря подъ локоть Глафиру, и обратился къ одному изъ двухъ дворниковъ.— Бѣги скорѣй за извощикомъ!

— Не надо... Оставьте... Пустите меня...— пролепетала

Глафира, дѣлая новую попытку вырваться, но городовой и низкорослый мужикъ держали ее крѣпко за плечи.

— Небось... Разберутъ все въ участкѣ...— успокоительнымъ тономъ замѣтилъ опять субъектъ неопредѣленнаго званія.

— Прочь сейчасъ руки! Ахъ, вы, мерзавцы!— воскликнулъ вдругъ Равальякъ, наблюдавшій всю эту сцену, теперь устремляясь впередъ и схватывая за рукавъ мужика.— Убери сейчасъ лапы, дубина, тебѣ говорятъ!!.

— Вы, господинъ, извольте проходить своею дорогой...— началъ было блюститель порядка.

— Что-о?! Какъ ты смѣлъ мнѣ это сказать?!— закипѣлъ Равалькъ, наступая.— Да знаешь-ли ты, что я сейчасъ-же къ оберъ-полиціймейстеру ѣду?.. А тебя, каналью, самого нужно выкупать!— набросился онъ на спасителя и, осѣненный внезапнымъ вдохновеніемъ, воскликнулъ: — Эта дама — моя знакомая! Слышите? А вы ее хотите въ участокъ! Да какъ вы осмѣлились? А? Говорятъ вамъ, знакомая! Слышите?

— Объ этомъ, ваше благородіе, мы ничего неизвѣстны, а такъ какъ тутъ происшествіе, то я по службѣ должонъ...— заявилъ полицейскій, впрочемъ нѣсколько уже нерѣшительнымъ тономъ, такъ-какъ видъ Равальяка, одѣтаго прилично, въ цилиндрѣ, съ золотою цѣпочкой часовъ, виднѣвшейся изъ подъ разстегнутаго на распашку пальто, былъ довольно внушителенъ.

— Мнѣ наплевать, что ты долженъ но службѣ!— кричалъ Равальякъ; — гдѣ это видано, чтобы людей въ такомъ видѣ таскать по участкамъ! Ее нужно домой! Ее нужно въ постель! Я сейчасъ-же возьму ее!.. Извощикъ! Извощикъ!

Какъ разъ въ эту минуту къ тротуару примчался извощикъ, котораго, спящаго, разбудилъ на перекресткѣ посланный дворникъ и, безъ разговоровъ, погналъ куда слѣдовало...

— Я за все отвѣчаю! Если по вашимъ дурацкимъ порядкамъ потребуется — могутъ имѣть дѣло со мною! Вотъ моя карточка! А вотъ и мой адресъ, если это для полиціи нужно!

Поспѣшно выхвативъ изъ бумажника свою визитную карточку, на которой значилось: "Иванъ Еремеичъ Равальякъ", онъ на оборотной сторонѣ ея тонкимъ записнымъ карандашикомъ прибавилъ крупными буквами: "Бухгалтеръ N-скаго Коммерческаго Общества (Невскій, д. No 00),— вручилъ этотъ документъ полицейскому стражу, не прибавивъ больше ни слова, подхватилъ подъ руку Глафиру (та покорно, безъ звука, за нимъ тотчасъ-же послѣдовала), помогъ взобраться ей на извощика, подбѣжалъ съ другой стороны, вскочилъ на пролетку и повелительнымъ голосомъ крикнулъ:

— Живѣе!

XV

Онъ еще долго не могъ успокоиться и продолжалъ изливать въ восклицаніяхъ негодованіе по поводу нашихъ порядковъ.

— Готтентоты!.. Мерзавцы!.. Имъ слѣдовало-бы всѣмъ разбить морды!.. Это возможно только у насъ! — слышалось отдѣльными возгласами, въ перемежку со стукомъ колесъ.

Его спутница не произносила ни слова. Она сидѣла понурившись, все время дрожа мелкою дрожью и отбивая зубами барабанную дробь. Случайно взглянувъ на нее, Равальякъ вдругъ это замѣтилъ — и тотчасъ-же мысли его приняли другой оборотъ.

— Боже мой, какъ вы дрожите!.. Это ужасно...Я не смѣю разспрашивать... Нѣтъ, нѣтъ, Боже меня упаси... Только я все-таки долженъ попросить васъ отвѣтить... Видите-ли, къ себѣ я не могу... Притомъ, я васъ ни за что не оставлю... Да, да, ни за что! Я непремѣнно долженъ васъ проводить... Гдѣ вы живете?.. Словомъ, укажите мнѣ, гдѣ-бы я могъ...

Глафира встрепенулась въ внезапномъ испугѣ.

— Нѣтъ, не домой! Ни за что!.. Лучше я вотъ сейчасъ... Я вотъ тутъ...

И она приподнялась-было съ сидѣнья, какъ-бы намѣреваясь спрыгнуть съ извощика. Ея спутникъ въ ту-же минуту схватилъ ее за руку.

— Простите, я глупъ, я оселъ! Я не то хотѣлъ... Я хотѣлъ только сказать, что вамъ нужно сперва успокоиться... Вамъ нужно скорѣе въ постель и успокоиться, успокоиться — главное! Потомъ вы сами сообразите, рѣшите... Но только я васъ не оставлю, нѣтъ, нѣтъ!.. Но, чортъ побери, куда-же намъ ѣхать?! — воскликнулъ самъ съ собой Равальякъ и потеръ себѣ лобъ, мучительно разрѣшая вопросъ.

Извощикъ, тѣмъ временемъ, вывезъ ихъ на Невскій проспектъ и повернулъ въ сторону, противоположную къ Адмиралтейству. Ѣхалъ онъ ни тихо, ни скоро, не оборачиваясь къ своимъ сѣдокамъ и не освѣдомляясь у нихъ, куда ѣхать, какъ-бы руководствуясь своимъ личнымъ инстинктомъ и принадлежа очевидно къ опытнымъ столичнымъ извощикамъ, которыхъ петербургская жизнь дѣлаетъ неизбѣжно философами.

Въ головѣ Равальяка проходили соображенія о собственной квартирѣ, о квартирахъ знакомыхъ, которые были всѣ семейные люди, подумался даже Чепыгинъ... Нѣтъ, никуда невозможно!

Нечаянно онъ вспомнилъ про "Вѣну", а затѣмъ, въ ту-же минуту, въ его головѣ промелькнули гостинницы, гдѣ должны быть номера...

— Извощикъ! Въ "Москву"! — крикнулъ Равальякъ радостнымъ голосомъ, какъ человѣкъ, который разрѣшилъ вдругъ задачу; — да живѣй шевелись, чортъ побери! — прибавилъ онъ, начиная опять волноваться.

Собственно, мало сказать — что онъ волновался. Это было совсѣмъ особое чувство. Словно онъ теперь не принадлежалъ самъ себѣ. Словно нѣкая волна его подхватила и неудержимо мчала впередъ... Несомнѣнно, въ избавленіи этой, рѣшившейся покончить съ собой незнакомки, отъ грубой дѣловой процедуры, которая должна была за этимъ послѣдовать, руководило имъ доброе, сердечное чувство. Это былъ душевный порывъ, въ которомъ онъ никогда-бы себѣ не позволилъ раскаяться, ибо долженъ былъ именно такъ поступить. Но, кромѣ того, здѣсь примѣшивалось еще и нѣчто другое. Необычайность всего происшествія, неожиданность и романтичность его — вотъ что особенно его возбуждало, и вмѣстѣ съ тѣмъ необходимость двигаться, дѣйствовать, хлопотать, суетиться — какъ разъ удовлетворяла тому, чѣмъ онъ томился назадъ тому полчаса... Больше ни о чемъ онъ не думалъ. Необходимо къ тому-же прибавить, что пьяный угаръ не совсѣмъ еще разошелся въ его головѣ...

Извощикъ на этотъ разъ очень скоро подвезъ ихъ на уголъ Владимірской, къ подъѣзду гостинницы, гдѣ былъ входъ въ номера. Равальякъ соскочилъ на панель, помогъ своей эксцентрической дамѣ сойти и поднялъ сильнѣйшій трезвонъ. Дверь была отворена соннымъ швейцаромъ, на котораго онъ сейчасъ-же набросился за медленность, съ которою тотъ имъ отворилъ, и потребовалъ номеръ.

— Мигомъ!— кричалъ Равальякъ.

Швейцаръ, суетясь, провелъ ихъ по какимъ-то длиннымъ и узкимъ переходамъ, напоминавшимъ собой катакомбы, освѣщеннымъ мѣстами висѣвшими по стѣнамъ маленькими керосиновыми лампочками, и сдалъ съ рукъ на руки коридорному, извлеченному имъ изъ какихъ-то таинственныхъ нѣдръ... Тотъ отправился, зѣвая и въ перевалку, впередъ...

— Шевелись!— топнулъ на него Равальякъ такъ внушительно, что коридорный бросился тотчасъ-же стремглавъ и поспѣшно открылъ передъ ними дверь какого-то номера.

— Огня! Чаю! Живѣе!— продолжалъ нетерпѣливо командовать избавитель Глафиры.

Тотъ по поводу чая заикнулся было о затрудненіяхъ вслѣдствіе поздняго времени, но Равальякъ заявилъ, что онъ не хочетъ слышать ни о какихъ затрудненіяхъ, что онъ требуетъ, чтобы чай былъ тотчасъ-же поданъ, въ противномъ случаѣ онъ устроитъ скандалъ, что имъ всѣмъ достанется, что съ нимъ, Равальякомъ, шутки плохія и никто не знаетъ еще, что онъ способенъ надѣлать...

Все это высказывалъ онъ съ большой ажитаціей, въ то время какъ коридорный зажигалъ пару свѣчей, снятыхъ имъ съ предзеркальнаго столика, потомъ опустилъ передъ окнами тяжелыя темныя занавѣсы...

— Вотъ что, любезный, поди-ка сюда!— вдругъ совершенно спокойнымъ и рѣшительнымъ голосомъ сказалъ Равальякъ и поманилъ за собой коридорнаго.

За дверью онъ категорически и уже не волнуясь (такъ какъ рѣшился быть сдержаннымъ) заявилъ коридорному, что дама, съ которой пріѣхалъ онъ, должна остаться здѣсь до утра и нуждается въ полномъ спокойствіи; что необходимо тотчасъ-же достать, на это время, откуда-бы ни было, весь женскій костюмъ, съ башмаками, и чистую перемѣну бѣлья, а все теперешнее ея одѣяніе взять и высушить къ утру; что, наконецъ, если все это будетъ исполнено, ему, коридорному, будетъ щедро заплачено...

Послѣдній аргументъ произвелъ надлежащее дѣйствіе.

— Ужъ, право, сударь, не знаю,— заговорилъ тотъ въ раздумья; — поспрошать развѣ у горничной...

Врученная ему въ эту минуту, въ видѣ задатка, кредитка, сразу разсѣяла послѣдніе остатки раздумья.

— Постараюсь! Будьте спокойны-съ!— воскликнулъ коридорный, вмигъ преисполнившись уваженіемъ и преданностью, и помчался исполнять порученія.

Что не въ состояніи были сдѣлать угрозы и убѣжденія, то сразу устроили деньги. Явились чай, кипятокъ и, кромѣ того, бутылка краснаго вина и коньякъ. Явилась и горничная, злая и молчаливая, съ опухшими глазами и измятымъ лицомъ — слѣдами сладкаго сна, отъ котораго ее потревожили — съ платьемъ, ботинками и полной смѣной бѣлья...

Номеръ былъ средней руки и состоялъ изъ двухъ комнатъ. Первая, побольше, была чѣмъ-то въ родѣ гостиной, съ мягкимъ диваномъ и парой креселъ, полудюжиной таковыхъ-же стульевъ и овальнымъ столомъ. Все это было довольно убого и скверно, не смотря на нѣкоторыя поползновенія придать обстановкѣ что-то въ родѣ изящества, въ видѣ ковра съ изображеніемъ банальнаго желтаго льва на малиновомъ фонѣ и пары какихъ-то потемнѣвшихъ картинокъ въ широкихъ позолоченныхъ рамахъ, отражавшихся въ длинномъ зеркалѣ, исцарапанномъ по стеклу какими-то надписями, вѣроятно пьяной рукою... Чѣмъ-то зловѣщимъ вѣяли мрачныя стѣны, съ аляповатыми золотыми разводами, и такія-же мрачныя занавѣси, плотно закрывавшія высокія окна.

Равальякъ ходилъ быстрыми шагами но комнатѣ, въ то время какъ его незнакомка съ помощью горничной переодѣвалась въ сосѣдней коморкѣ, которая имѣла назначеніе спальни. Дверь была плотно притворена и оттуда ничего не было слышно.

Онъ начиналъ себя чувствовать скверно. Долго бывшія напряженными нервы били тревогу... Лихорадочный трепетъ, въ родѣ озноба, пробѣгалъ у него по спинѣ... Онъ рѣшилъ не оставаться здѣсь долго, и когда его незнакомка будетъ совсѣмъ успокоена, поручить коридорному имѣть за ней наблюденіе, а самому ѣхать домой, завтра утромъ, до службы, заѣхать опять, а затѣмъ ужъ рѣшить, что слѣдуетъ дѣлать...

Горничная вышла изъ спальни, навьюченная гардеробомъ Глафиры, а за нею, безшумно, какъ тѣнь, появилась и та.

Горничная остановилась у двери и, сумрачно глядя на Равальяка, спросила:

— Больше ничего не потребуется?

Равальякъ почему-то подчеркнулъ въ мысляхъ своихъ этотъ сумрачный взглядъ, и въ немъ возникъ въ ту-же минуту невольный вопросъ: какія соображенія въ своей головѣ можетъ таить эта горничная, по поводу его самаго и его эксцентрической дамы?.. Онъ съ раздражительнымъ нетерпѣніемъ отвѣтилъ, точно ея присутствіе его тяготило:

— Ничего! Уходите!

Та исчезла изъ комнаты.

Равальякъ опять заходилъ взадъ и впередъ. Вся обстановка дѣйствовала на него положительно удручающимъ образомъ. Жуткая тишина стояла вокругъ, ненарушаемая хотя-бы ничтожнѣйшимъ звукомъ гдѣ-бы то ни было — ни здѣсь, въ этой комнатѣ, ни извнѣ, со двора или изъ коридора... Багровые язычки пламени свѣчекъ тянулись во мракъ, озаряя нетрепетнымъ свѣтомъ окаменѣвшую на диванѣ, съ лицомъ спрятаннымъ въ руки, фигуру Глафиры...

"Зачѣмъ она сидитъ такъ и ни слова не скажетъ?.. Долголи она будетъ молчать такимъ образомъ?.. О чемъ она думаетъ?" — шевелились безпокойныя мысли въ головѣ Равальяка.

Онъ остановился у зеркала и машинально сталъ разбирать на немъ надписи. Боковой отблескъ свѣчей явственно выдѣлялъ эти царапины на его блестящей поверхности. Ихъ было много, всѣ неразборчивыя, вѣроятно — все разные имена и эпитеты... Впрочемъ нѣкоторыя можно было прочесть... "Amalchen"... "подлецъ".

"А она все молчитъ!" — думалъ онъ въ то-же время про свою незнакомку, отраженіе которой рисовалось явственно въ зеркалѣ. Она все сидѣла, не шевелясь и не отнимая рукъ отъ лица...

Онъ кашлянулъ. Она пребывала недвижной.

Отвратительное ощущеніе испытывалъ теперь Равальякъ. Онъ чувствовалъ полную ясность сознанія, а между тѣмъ въ головѣ его было полнѣйшее отупѣніе всѣхъ умственныхъ силъ, словно мозгъ былъ парализованъ, оставаясь болѣзненно-чуткимъ ко всѣмъ воспріятіямъ, и, въ то-же самое время совершенно безсильный выработать самую простую идею, какъ бываетъ въ состояніи полной душевной растерянности...

"Нужно ей сказать что нибудь... Непремѣнно нужно сказать... Завести разговоръ... Спросить что нибудь... Но что могу я спросить?"...— терзался про себя Равальякъ, все стоя у зеркала.

"А что, какъ она вдругъ сумасшедшая?!" — поразила его внезапная мысль...

Онъ почувствовалъ, что оставаться въ такомъ положеніи дольше не въ силахъ, что нужно заговорить съ нею сейчасъ-же, о чемъ-бы то ни было, что первое придетъ ему въ голову...

Онъ повернулся, подошелъ быстро къ дивану — и въ ту-же минуту вспомнилъ про чай, вино и коньякъ... Все это, нетронутое, стояло на столѣ передъ диваномъ, озаренное парой свѣчей, и онъ самъ удивился, что забылъ совершенно о томъ, по поводу чего, полчаса лишь назадъ, такъ горячился и выходилъ изъ себя...

— Ради Бога, простите меня! — заговорилъ Равальякъ, суетливо бросившись въ кресло и хватаясь за чайникъ. — Вамъ чаю, чаю нужно скорѣе!.. Отлично, еще не простылъ... И коньяку! Коньяку непремѣнно! Это васъ подкрѣпитъ и согрѣетъ! Коньяку обязательно!..

Онъ налилъ чаю въ стаканъ, дополнилъ его коньякомъ, придвинулъ къ Глафирѣ — и тотчасъ же опять спохватился.

— Постойте! Главное-то я и забылъ! Вина!.. Вотъ что вамъ нужнѣе всего! Вина, вина непремѣнно!

И съ той-же поспѣшностью онъ схватилъ другую бутылку, наполнилъ стаканъ краснымъ виномъ и тоже придвинулъ къ Глафирѣ, повторяя настойчиво:

— Вы непремѣнно, непремѣнно выпить должны!

Его кресло помѣщалось у края стола, такъ что Глафира сидѣла бокомъ къ нему, съ головой, обращенной прямо къ свѣчамъ. Однако лицо ея все-таки было разсмотрѣть невозможно, такъ какъ она, зацѣпенѣвъ въ понуренной позѣ, не отнимала руки, къ которой прислонена была голова... Давеча, у канавы, было совсѣмъ не до того Равальяку. Изъ словъ спасшаго ее мужика онъ зналъ только одно — что она была "барыня". Онъ сильно тогда волновался. На извощикѣ, вплоть до гостинницы, онъ продолжалъ волноваться и не могъ видѣть наружности спутницы. И по сіе время не зналъ онъ еще, хороша она или безобразна лицомъ и какихъ можетъ быть лѣтъ приблизительно?..

Такъ какъ на всѣ его обращенія она отвѣчала самымъ равнодушнымъ безмолвіемъ, продолжая сохранять неподвижность статуи, то Равальякъ началъ приходить ужъ въ отчаяніе. Онъ тоже замолкъ, откинулся въ кресло и только смотрѣлъ на ея склоненную голову.

Вдругъ она пошевелилилась, отняла руку, но тотчасъ быстро отвернула лицо отъ свѣчей, точно ихъ свѣтъ подѣйствовалъ на глаза ея болѣзненнымъ образомъ.

— Онѣ вамъ мѣшаютъ? Да? Да?— обрадовался опять Равальякъ, что его незнакомка подала наконецъ признаки жизни, вскочилъ, забралъ съ собою оба подсвѣчника и поставилъ ихъ передъ зеркаломъ.

Вернувшись къ столу, онъ занялъ свое прежнее мѣсто и возобновилъ опять убѣжденія.

— Выпейте, право, вина... Это мой добрый совѣтъ...

Онъ протянулъ было снова руку къ стакану, но въ ту-же минуту ее опустилъ...

Его незнакомка внезапно откинулась въ уголъ дивана, обхватила обѣими руками лицо и разразилась рыданіями.

"Ну, вотъ, и отлично!" — подумалъ про себя Равальякъ; — "съ этого надо было начать"...

Она сперва рыдала беззвучно, только все тѣло ея судорожно вздрагивало, но вскорѣ затѣмъ начала истерически вскрикивать.

"Ничего, ничего",— все думалъ про себя Равальякъ; — "это ее облегчитъ... теперь она успокоится"...

Но крики не унимались и кончились тѣмъ, что Глафира упала ничкомъ и принялась биться лицомъ о сидѣнье дивана, словно въ безъисходномъ отчаяніи, между тѣмъ какъ тѣло ея содрогалось въ конвульсіяхъ...

Равальякъ испугался.

— Воды!

Онъ вскочилъ было съ кресла, но въ тотъ-же моментъ его незнакомка вдругъ быстро восклонилась съ дивана, рванулась къ Равальяку всѣмъ тѣломъ, поймала его правую руку, крѣпко ее сжала въ своихъ и, прежде чѣмъ успѣлъ онъ опомниться, горячо поцѣловала ее, эту руку...

— За что? за что?— восклицала она, все сжимая его руку въ своихъ и поднявъ къ нему свое облитое слезами лицо; — за что вы со мной столько возитесь?.. Что я сдѣлала вамъ?.. Сколько доброты, сколько терпѣнія!.. О, какой вы прекрасный, прекрасный!..

— Успокойтесь... Ради Бога... Успокойтесь... Прошу васъ!— лепеталъ Равальякъ, совершенно растерянный, силясь отнять отъ нея свою руку.

Глафира медленно выпустила ее изъ своихъ горячихъ ладоней, откинулась въ уголъ дивана и нѣсколько времени сидѣла, безмолвная, переводя глубоко дыханіе.

"Слава Богу!" — подумалъ про себя Равальякъ; — "теперь за нее, кажется, бояться ужъ нечего"...

Онъ подвинулъ свое кресло ближе къ дивану, схватился опять за стаканъ съ краснымъ виномъ и, протягивая его къ своей незнакомкѣ, заговорилъ тѣмъ мягкимъ, убѣждающимъ тономъ, какимъ говоритъ добрая нянька, ублажая ребенка:

— Ну, выпейте... Ну, я прошу васъ... Пожалуйста... Одинъ только глотокъ...

Та покорно взяла въ руку стаканъ, поднесла его ко рту — и, вмѣсто одного глотка, осушила его весь, цѣликомъ...

— Вотъ это прекрасно!— радостно вскричалъ Равальякъ; — вы меня успокоили... Ну, а теперь выпейте чаю...— протянулъ онъ къ ней новый стаканъ.

Глафира такъ-же покорно взяла и его, отхлебнула немного и поставила обратно на блюдечко.

Видъ ея былъ теперь совершенно спокоенъ, и Равальякъ тотчасъ-же съ удовольствіемъ это отмѣтилъ въ своихъ наблюденіяхъ.

Немного погодя, онъ заговорилъ съ ней опять.

— Теперь я вамъ больше не нуженъ... Вы можете ни о чемъ не тревожиться и лечь отдохнуть... Завтра утромъ я опять буду здѣсь и снова къ вашимъ услугамъ...

Онъ сдѣлалъ-было движеніе встать, но Глафира вдругъ встрепенулась.

— Вы домой? Вы уходите?— спросила она словно въ испугѣ.

— Да... Вѣдь ужъ поздно... И, наконецъ, вамъ самимъ лучше-бы было теперь успокоиться...

Она растерянно озиралась по комнатѣ, словно мрачные призраки, таившіеся въ темныхъ углахъ этихъ стѣнъ и складкахъ плотно опущенныхъ занавѣсей, вдругъ теперь выступили и охватили ее... Она даже затряслась опять мелкою, лихорадочной дрожью и зубы ея застучали, совершенно какъ давеча, когда Равальякъ везъ ее на извощикѣ.

— Значитъ, я останусь... безъ васъ... здѣсь... одна?— прошептала она, все озираясь по комнатѣ.

— А вы развѣ боитесь?

— Да... мнѣ... здѣсь... страшно...— подтвердила она, въ промежуткахъ лихорадочной дрожи.

— Хотите, я къ вамъ пришлю горничную?

— Нѣтъ, нѣтъ, нѣтъ,— пролепетала она въ новомъ испугѣ; — никого, никого!... Лучше я буду одна... Я буду сидѣть... Я васъ не смѣю... Вы уходите... А я буду такъ вотъ сидѣть, при огнѣ...

Она вдругъ прижала къ головѣ свою руку, словно въ нее хлынули снова черныя мысли...

— Хорошо. Я останусь,— рѣшилъ Равальякъ, который всталъ было съ кресла, но теперь опять въ него опустился.

Глафира повторила давишнее свое движеніе, повидимому намѣреваясь опять схватить его руку, но Равальякъ предупредилъ эту попытку тѣмъ, что вскочилъ тотчасъ-же съ мѣста и прошелся по комнатѣ.

Будь что будетъ! Онъ не поѣдетъ домой... Въ головѣ его пронеслась мысль о женѣ, которая должна была безпокоиться его долгимъ отсутствіемъ и которая, вѣроятно, теперь уже спитъ... Дай-Богъ, чтобы она уже спала!.. А что, какъ она еще не ложилась и ждетъ?.. О, не дай этого, Господи!.. Конечно, конечно она уже спитъ!.. А завтра онъ ее успокоить, пораньше, до службы, пріѣхавъ домой и объяснивъ, какъ все это случилось... Вѣдь не можетъ-же онъ, въ самомъ дѣлѣ, оставить эту несчастную!..

Лихорадочный трепетъ, въ родѣ озноба, опять, какъ и давеча, пробѣгалъ у него по спинѣ... Разстройство нервовъ соединялось съ полнѣйшей душевной усталостью... Необходимо было перемѣнить настроеніе — взвинтиться, что называется...

Онъ подошелъ быстрыми шагами къ столу, налилъ полстакана почти коньяку и опорожнилъ съ отчаянной рѣшимостью человѣка, который отбросилъ всякія соображенія о томъ, что будетъ съ нимъ дальше, и покорно склонился предъ волей неодолимой судьбы...

Не слѣдовало ему пить тогда коньяку! О, совсѣмъ, совсѣмъ не слѣдовало ему пить коньяку!..

· ·

Когда, уже много позднѣе, Равальяку случалось переживать въ своей памяти событія роковой этой ночи — все, что случилось послѣ того, какъ онъ выпилъ коньякъ, представлялось ему отрывочно, смутно, въ видѣ какого-то дикаго, угарнаго сна, и самъ онъ, тогдашній, со всѣми своими рѣчами и дѣйствіями, представлялся ему, въ этомъ позднѣйшемъ, уже здравомъ сознаніи, такимъ-же отрывочнымъ, смутнымъ, особеннымъ, совсѣмъ не похожимъ на себя въ дѣйствительной жизни, какъ это бываетъ, когда мы стараемся вспомнить себя таковыми, какими видѣли въ грезахъ...

Началось все это съ того, что онъ, выпивъ коньякъ, почувствовалъ необычайную бодрость духа и тѣла, а тревожныя мысли о домѣ исчезли, какъ странныя и совершенно ненужныя, въ виду интереса, которымъ проникся онъ къ своей незнакомкѣ. Мало того, онъ открылъ неожиданно, что ихъ соединяетъ живая духовная связь, которая установилась еще давеча, сразу, какъ онъ увидѣлъ ее у канавы и увлекъ за собою — ибо иначе невозможно себѣ объяснить этотъ поступокъ... Но только теперь, вдругъ, онъ созналъ эту связь, а отсюда неизбѣжно — потребность излить свою душу, повѣдать свои тревоги, страданія, которыя никому неизвѣстны и которыя пойметъ лишь она, эта совершенно ему незнакомая женщина, покушавшаяся покончить съ собою...

Такъ какъ въ головѣ его былъ невообразимый хаосъ, то чтобы придать мыслямъ стройность и ясность, онъ налилъ еще коньяку и хватилъ его залпомъ. Въ тотъ-же моментъ онъ вступилъ въ міръ новыхъ чувствъ, идей, представленій, отрѣшившись отъ внѣшней, условной своей оболочки — Ивана Еремеича Равальяка, бухгалтера Н-скаго Общества, которому нужно быть завтра на службѣ, у котораго дома семья — потому что это все вздоръ, все условно и преходяще, а истинно и неизмѣнно лишь то, что составляетъ наше личное я, существующее внѣ пространства и времени, и теперь-то вотъ именно онъ сознавалъ это ему одному принадлежащее я, такъ какъ онъ самъ себя теперь сознавалъ отрѣшеннымъ отъ условій пространства и времени...

Неизвѣстно, какъ это вышло, только онъ вдругъ увидѣлъ себя сидящимъ рядомъ со своей незнакомкой. Онъ держалъ ее за руки и смотрѣлъ ей въ лицо. Черты ея были неопредѣленны и смутны. То онъ видѣлъ ихъ явственно, то онѣ расплывались и исчезали... Одно, что все время было предъ нимъ постоянно — это глаза ея — неподвижные, широко раскрытые и неотводно все время на него устремленные... Самая комната, въ которой сидѣли они, такъ близко другъ къ другу, тоже вдругъ исчезала, со своими стѣнами и занавѣсями, будто совсѣмъ ихъ не было, а они сидѣли въ неопредѣленномъ пространствѣ... Лишь два язычка багроваго пламени свѣчекъ — нетрепетные, словно застывшіе, какъ два маяка, мерцали во мракѣ — и это одно напоминало ему, что теперь уже ночь, что все вокругъ спитъ, а онъ и она бодрствуютъ одни во всемъ мірѣ — и ни ей, ни ему нѣтъ ни малѣйшаго дѣла до этого міра... Отъ времени до времени онъ наливалъ ей вина, утверждая настойчиво, что это ее "согрѣетъ, согрѣетъ"... И она пила, а онъ опять наливалъ... Онъ наливалъ и себѣ (только то былъ коньякъ) и самъ тоже пилъ...

Въ то-же самое время онъ говорилъ, говорилъ... Онъ разсказывалъ про свое унылое дѣтство и юность, про жестокость людей, про все, что онъ вытерпѣлъ въ жизни, про то, какъ онъ падалъ и вновь подымался, теряя вѣру въ себя — и вотъ теперь онъ разбитъ и измученъ, хотя его сердце попрежнему молодо, и онъ знаетъ, что могъ бы снова воспрянуть, если-бы на пути его жизни встрѣтилось ему существо, къ которому онъ могъ-бы прильнуть и съ нимъ слиться душею — воедино, всецѣло, безъ разсчета, безъ страха — но такъ какъ это счастіе не суждено ему отъ судьбы, то онъ исполнитъ то, что рѣшилъ: разможжить себѣ черепъ!...

И вотъ только успѣлъ онъ опять повторить это признаніе, сдѣланное имъ еще давеча, въ "Вѣнѣ", Чепыгину — произошло нѣчто совсѣмъ неожиданное.

Близко-близко увидѣлъ онъ вдругъ предъ собою лицо своей незнакомки, которое до тѣхъ поръ скрывалось въ какомъ-то туманѣ — теперь вполнѣ явственное, со всѣми подробностями — пылающее яркимъ румянцемъ, съ блестящими, какъ искры, глазами,— почувствовалъ жаркое дыханіе у себя на щекахъ, и страстный, прерывистый шепотъ поразилъ его слухъ:

— Нѣтъ, вы не должны умирать! Жить!.. Нужно жить!.. Если-бы я только могла... Если-бы отъ меня это зависѣло... О, мнѣ теперь все равно!!

Дальше онъ ничего ужъ не помнилъ.

XVI

Зато помнилъ онъ, какъ проснулся...

Первое, что поразило его, когда открылъ онъ глаза — это необычайные сумракъ, тишина и безлюдье, вмѣсто лучей бѣлаго утра и шума дѣтей въ другой комнатѣ, изъ которыхъ старшій сынишка усвоилъ привычку забираться къ нему на постель и будить, дергая за бороду — словомъ, ничего изъ того, что встрѣчалъ онъ всегда, неизмѣнно, при своемъ пробужденіи... Вдобавокъ, онъ чувствовалъ страшную тяжесть и боль въ головѣ — что заставило его тотчасъ-же зажмуриться.

Мало по малу началъ онъ кое-что всмоминать — и вдругъ въ ужасѣ вспряяулъ, вскочилъ и осмотрѣлся кругомъ... Въ ту-же минуту, острая, ломящая боль въ головѣ хватила его какъ обухомъ, и онъ, сдѣлавъ два нетвердыхъ шага, какъ мѣшокъ, повалился на кресло...

Было темно и похоже на вечеръ. На столѣ догорала пара

свѣчей, озаряя на залитой скатерти чайный приборъ, опорожненння бутылки и рюмки, а на диванѣ — погруженную въ крѣпкій сонъ незнакомую женщину...

Что это все значило?.. Припомнились "Вѣна", Чепыгинъ, канава, покушавшаяся покончить съ собой незнакомка, пріѣздъ съ нею сюда, въ этотъ номеръ... а главное, и самое страшное — то, что онъ не ночевалъ совсѣмъ дома!...

Онъ опять вскочилъ на ноги, подбѣжалъ въ волненіи къ окнамъ, съ опущенными на нихъ тяжелыми занавѣсями — отчего и темно было въ комнатѣ — и откинулъ одну изъ послѣднихъ.

На дворѣ брежжилось утро — туманное, кислое, съ мелкимъ дождемъ...

Онъ взглянулъ на часы. Стрѣлка приближалась къ семи.

Онъ былъ еще пьянъ. Голова мучительно ныла, словно налитая свинцомъ. Въ глазахъ была мгла. Ноги плохо служили. Мысли путались въ какомъ-то безобразномъ сумбурѣ, и единственная, доминировавшая надъ всѣми другими была — не оставаться минутой здѣсь дольше, а какъ можно скорѣе ѣхать домой.

Его незнакомка крѣпко спала, безъ подушки, съ головой, положенной на мягкій валикъ дивана — въ родѣ турецкаго — повернувшись къ спинкѣ лицомъ, прижатымъ къ углу и закрытымъ прядями разсыпавшихся длинныхъ волосъ, съ подогнутыми колѣнями ногъ, невидныхъ подъ платьемъ, кромѣ высунувшихся наружу подошвъ, съ стоптанными каблуками ботинокъ, которыми ночью снабдила ее здѣшняя горничная... Дыханіе ея совсѣмъ не было слышно — и если-бы только не плечи, мѣрно вздымавшіяся при каждомъ вздохѣ груди незнакомки, то можно-бы было счесть ее за покойницу...

Не потревоживъ ея, Равальякъ вышелъ изъ комнаты и отыскалъ коридорнаго.

Счетъ былъ готовъ, и онъ тотчасъ-же по нему расплатился.

Онъ былъ въ необыкновенномъ волненіи и, словно на горячихъ угольяхъ, суетливо переминался на мѣстѣ, растерянно комкая деньги и разсовывая ихъ по отдѣленіямъ бумажника, весь изнывая въ тревогѣ о томъ, что ждетъ его дома...

— А какъ-же тамъ барышня, сударь?— освѣдомился у него коридорный, растопыривъ передъ Равальякомъ пальто его, въ которое тотъ, уже въ цилиндрѣ и съ зонтикомъ, ажитированно тыкалъ руками, не въ состояніи попасть въ рукава.

Въ отвѣтъ, Равальякъ, вращая своими шарами, которые теперь хотѣли совсѣмъ выкатиться у него изъ орбитъ, залопоталъ торопливо, что она еще спитъ, и это отлично, что безпокоить ее не нужно, не нужно, что это все пустяки, а вотъ ему необходимо быть дома, но затѣмъ онъ тотчасъ-же пріѣдетъ, т. е. какъ только все будетъ улажено, или, вѣрнѣе, прямо со службы, что пока ничего неизвѣстно, но затѣмъ онъ рѣшитъ и пріѣдетъ — словомъ, понесъ совершенно непонятную дичь и, въ концѣ концовъ повторилъ убѣдительнымъ тономъ:

— Я пріѣду, пріѣду, непремѣнно пріѣду! А ты получишь, получишь, не безпокойся пожалуйста!

Напослѣдокъ, потрепавъ по плечу коридорнаго, съ цѣлію окончательно уничтожить въ немъ всякіе слѣды недовѣрія, онъ покинулъ его, совсѣмъ огорошеннаго, вихремъ помчался по катакомбамъ гостинницы, стремглавъ слетѣлъ съ лѣстницы — и опомнился только на улицѣ, у перекрестка, передъ дремавшимъ на сидѣньи своей пролетки извощикомъ.

Равальякъ ткнулъ его зонтикомъ, вскочилъ, усѣлся и крикнулъ привычную фразу:

— На Петербургскую сторону, по Большому проспекту!

Извощикъ зачмокалъ и задергалъ возжами. Онъ очевидно былъ изъ ночныхъ, судя по общему его унылому виду и скверной хромой лошаденкѣ. Такъ какъ, не смотря на всѣ его чмоканья, кляча еле передвигала ногами (какъ, по крайней мѣрѣ, показалось тогда Равальяку), то сѣдокъ забарабанилъ въ горбъ его зонтикомъ и взмолился плачущимъ голосомъ:

— Ахъ ты, Господи Боже мой! Да двигайся, двигайся!.. Чо-ортъ!!

. . . .

Опущенныя оконныя занавѣси, препятствовавшія доступу свѣта, были подхвачены теперь по бокамъ, и въ номеръ смотрѣлъ сѣрый день съ мелкимъ дождикомъ.

Ровное дыханіе Глафиры, ни разу не перемѣнившей того положенія, въ которомъ заснула она на диванѣ, стало прерывистымъ... Затѣмъ она простонала — вѣроятно во снѣ — протяжно вздохнула и открыла глаза.

Это было какъ разъ въ тотъ моментъ, когда въ комнату вошла горничная (она ужъ и раньше входила сюда), неся въ объятіяхъ бѣлье и платье Глафиры — высушенное въ теченіе ночи и приведенное въ полный порядокъ. Можетъ быть, шумъ шаговъ и заставилъ ее пробудиться.

Она стремительно вскинулась, сѣла и обратила дикій взглядъ на вошедшую и на вещи, которыя та держала въ рукахъ...

— Ваша одёжа, барышня,— объяснила та тотчасъ, раскладывая принесенное по стульямъ и кресламъ.

Глафира продолжала смотрѣть на нее дикимъ взоромъ, какъ-бы стараясь понять, чего хотятъ отъ нея, потомъ медленно оглянула свое одѣяніе, въ которомъ спала — оно было чужое — и начала соображать понемногу...

— Переодѣться изволите? — задала вопросъ горничная.

— Переодѣться? Зачѣмъ? — съ недоумѣніемъ переспросила Глафира, безсмысленно озираясь по комнатѣ — и вдругъ, какъ-бы вспомнивъ, сказала: — Ахъ, да!

Она встала съ дивана и безучастно, покорно прибавила:

— Переодѣться... Да, да...

Такъ-же безучастно, покорно она отдалась въ распоряженіе горничной, помогая снимать непринадлежащее ей одѣяніе и облекать въ ея собственное. Очевидно, она еще не совсѣмъ понимала, зачѣмъ это нужно.

Когда переодѣваніе было окончено, она опустилась опять на диванъ и начала снова озираться по комнатѣ, какъ-бы ища въ ней чего-то...

— Тотъ господинъ ужъ уѣхали,— сообщила ей горничная, по своему перетолковавъ этотъ взглядъ.

— Господинъ?.. Какой господинъ? — съ новымъ недоумѣніемъ спросила Глафира — и тотчасъ-же прибавила, какъ бы опять что-то вспомнивъ: — Ахъ, да!

— Они просили васъ подождать... — промолвила горничная; — они обѣщались здѣсь быть въ скоромъ времени...

Глафира въ какомъ-то внезапномъ испугѣ вскочила съ дивана.

— Зачѣмъ подождать?.. Не нужно, не нужно... Я сама... Я сейчасъ... — волновалась она, хватаясь за лежавшее на креслѣ пальто, съ очевиднымъ намѣреніемъ одѣть его на себя.

— Помыться, можетъ, угодно?..

— Не нужно, не нужно, нѣтъ, нѣтъ! — продолжала волноваться Глафира, все не выпуская пальто и растерянно суясь въ рукава; — я сейчасъ... Я домой...

Одѣвшись въ пальто, съ помощью горничной, она тронулась къ выходу, шатаясь и хватаясь руками за стѣны... Не дойдя еще до дверей, она закачалась и безсильно опустилась на стулъ...

— Видно, вамъ нездоровится, барышня... — участливо замѣтила горничная; — право, лучше-бы вамъ подождать...

— Нѣтъ, нѣтъ, — встрепенулась Глафира; — я здѣсь не хочу, не хочу... Я домой!

Она поднялась-было снова со стула, но горничная тотчасъ-же ее успокоила.

— Хорошо-съ, извольте обождать только минуточку...

Она вздохнула, пробормотавъ: — "Вотъ дѣла!" — и устремилась изъ комнаты, взывая:

— Семенъ!

Разыскавъ коридорнаго, она сообщила ему обо всемъ происшедшемъ, чѣмъ повергла и его въ безпокойство.

— Ахъ, чортъ... — покрутилъ головою Семенъ и прибавилъ поспѣшно и рѣшительнымъ тономъ: — Безпремѣнно ее надо отправить! Гляди, какъ еще у насъ заболѣетъ — съ полиціей одной не раздѣлаешься!.. Безпремѣнно! Сейчасъ-же! Съ Павлушкой ее и отправимъ!

Былъ вызванъ на сцену Павлушка — шустрый юноша въ

сѣромъ засаленномъ франкѣ съ большими оловянными пуговицами — и, послѣ данныхъ ему надлежащихъ инструкцій, всѣ трое двинулись въ номеръ.

Странная гостья сидѣла на томъ самомъ мѣстѣ, на которомъ ее оставила горничная, и смотрѣла пристально въ землю. Теперь она судорожно переминала руками и дрожала будто въ ознобѣ. При видѣ вошедшихъ, она испуганно обвела ихъ глазами.

— Вотъ, барышня, мальчикъ васъ довезетъ, — обратилась къ ней горничная, въ видѣ рекомендаціи выдвигая за локоть шустраго юношу. И такъ какъ Глафира, поднявшаяся при этомъ со стула, какъ была, простоволосая, двинулась къ выходу, она изумленно воскликнула: — Господи! Да вы и безъ шляпы!.. Да какже, вѣдь такъ совсѣмъ невозможно... Вотъ грѣхъ-то!.. Ужъ я вамъ какой-нибудь платчишко свой дамъ...

Вообще эта дѣвица, аттестовавшая себя сегодняшней ночью довольно суровой особой, почему-то прониклась къ Глафирѣ большимъ сердоболіемъ и, исчезнувъ изъ номера, скоро вернулась съ старымъ, вязанымъ изъ шерсти платкомъ, оставленнымъ давно ужъ за штатомъ и пригодившимся для этого случая.

Та безмолвно и безучастно позволила надѣть его себѣ на голову и, поддерживаемая — съ одной стороны горничной, съ другой — коридорнымъ, направилась къ выходу. Павлушка, успѣвшій одѣться въ пальто и суконный картузъ, замыкалъ это шествіе.

Такъ-же безмолвно и безучастно она прошла коридоръ, спустилась по лѣстницѣ и взлѣзла потомъ на извощика, оказавшагося у самаго подъѣзда гостинницы, врядъ-ли даже замѣчая шустраго юношу, который помѣстился съ ней рядомъ. Правда, она сказала свой адресъ, но сказала совсѣмъ машинально, съ видомъ, по которому можно было подумать, будто она не совсѣмъ понимаетъ, зачѣмъ это нужно...

Во время дороги она дрожала въ сильномъ ознобѣ, пожимаясь всѣмъ тѣломъ и стараясь засунуть подальше въ рукава свои руки. Она не произносила ни слова и смотрѣла въ одну неопредѣленную точку...

На Садовой была обычная сутолока. Гремѣли колеса извощиковъ и грохотали ломовыя подводы... Мчалась, звоня оглушительно, конка... Сновали взадъ и впередъ пѣшеходы... Сѣялся дождь...

Глафира все смотрѣла въ неопредѣленную точку, продолжая пожиматься всѣмъ тѣломъ. Она чувствовала, что ей очень холодно, то вдругъ очень жарко, что у нея болитъ голова, что ей сильно хочется спать, что хорошо-бы лечь, лечь поскорѣе — и это одно, что только ей нужно.

Временами она впадала въ родъ забытья, но скоро овладѣвала собою съ удивленіемъ видя себя на извощикѣ, а затѣмъ вспоминала, что она ѣдетъ домой и будетъ тамъ спать, спать безъ конца...

— У какого дома остановиться-то нужно?— неожиданно раздается вопросъ — словно изъ какого-то нездѣшняго міра...

Это спрашиваетъ, обернувъ къ ней свою красную, бородатую рожу, извощикъ — и Глафира, сквозь одолѣвшее ее опять забытье, хочетъ понять, чего нужно отъ нея этой рожѣ...

— Барышня, барышня, гдѣ остановиться-то нужно?— повторяетъ тотъ-же вопросъ кто-то сидящій съ ней рядомъ и дергаетъ ее за рукавъ.

Это спрашиваетъ ее провожатый. Глафира вспоминаетъ, что слѣдуетъ — и въ ту-же минуту видитъ ворота знакомаго дома и разноцвѣтные шары на окнахъ аптеки, а вонъ тамъ, сейчасъ, рядомъ — вывѣску арапа и турка... Все это видитъ она въ туманѣ, но понимаетъ, что сейчасъ будетъ дома.

Она лихорадочно начинаетъ соваться по карманамъ пальто, находитъ въ одномъ изъ нихъ портмоне, достаетъ оттуда всю мелочь и, сунувъ ее въ руки извощика, соскакиваетъ безъ помощи шустраго юноши съ пролетки на мостовую и устремляется прямо въ ворота.

Она видитъ знакомыя стѣны двора, видитъ кухню, видитъ Лукерью, которая при ея появленіи быстро отшатывается въ непонятномъ испугѣ, видитъ маменьку, Вѣру — которыя тоже отшатываются въ непонятномъ испугѣ,— видитъ свою спальню, кровать (все это она видитъ въ туманѣ) — сдираетъ съ себя пальто и платокъ — и валится головой на подушки...

Спать, спать, спать — воть все, что только ей нужно!

Но она не можетъ заснуть... Она не можетъ заснуть потому, что она совсѣмъ не дома, не въ спальнѣ, — а на баркѣ съ дровами и собирается броситься въ воду... Но только внизу не вода, а огромная подземная кузница съ раскаленной, пышущей полымемъ, печью, вокругъ которой стоятъ мужики — цѣлая толпа мужиковъ съ страшными лицами — и чему-то хохочутъ, простирая къ ней руки... Это они надъ нею хохочутъ... И тутъ-же незнакомый черный мужчина тоже простираетъ къ ней руки и крѣпко-крѣпко ее сжимаетъ въ объятіяхъ... Она смотритъ въ лицо его — и замѣчаетъ, что у него вмѣсто глазъ — горящія свѣчки... Онѣ придвигаются къ ней все ближе и ближе, свѣтятся все ярче и ярче, такъ что ей больно смотрѣть... Она протираетъ глаза и видитъ свою спальню, кровать, покрытую простыней швейную машину, которая все стучитъ и стучитъ колесомъ, видитъ близко, надъ самой своей головой, лица матери и младшей сестры, причемъ эти лица — какія-то странныя, совершенно особенныя, какихъ она никогда у нихъ не видала...

— Глаша! Господи! Глашенька! восклицаетъ Авдотья Макаровна, испуганно къ ней наклоняясь. — Что съ тобой, Глаша?

— Ничего, ничего... Унесите только эти свѣчи, пожалуйста! раздражительно отвѣчаетъ Глафира.

— Господь съ тобой, Глаша! Гдѣ свѣчи?

— Ахъ, да воть-же, воть-же онѣ! Унесите, унесите ихъ, вамъ говорятъ! — настаиваетъ, сердито морщась и показывая рукою, Глафира.

Авдотья Макаровна оглядывается, Вѣра тоже оглядывается — и обѣ не могутъ понять, какъ никто не могъ-бы понять, о какихъ свѣчахъ толкуетъ Глафира, потому что она и сама не могла-бы того объяснить...

Она была въ жесточайшемъ бреду.

— —

Здѣсь мы ее на время оставимъ... Волей слѣпыхъ, не отъ насъ зависящихъ силъ, тревоги и сумасбродства скоропалительной моей героини должны были привести ее къ кризису. Пока еще ей не суждено умереть — и она опять явится передъ глазами читателя. Но это будетъ уже совсѣмъ новый періодъ въ жизни старшей изъ дѣвицъ Хороводовыхъ...